小学館文庫

一 教授はみえるんです

柊坂明日子

原案・監修／三雲百夏

小学館

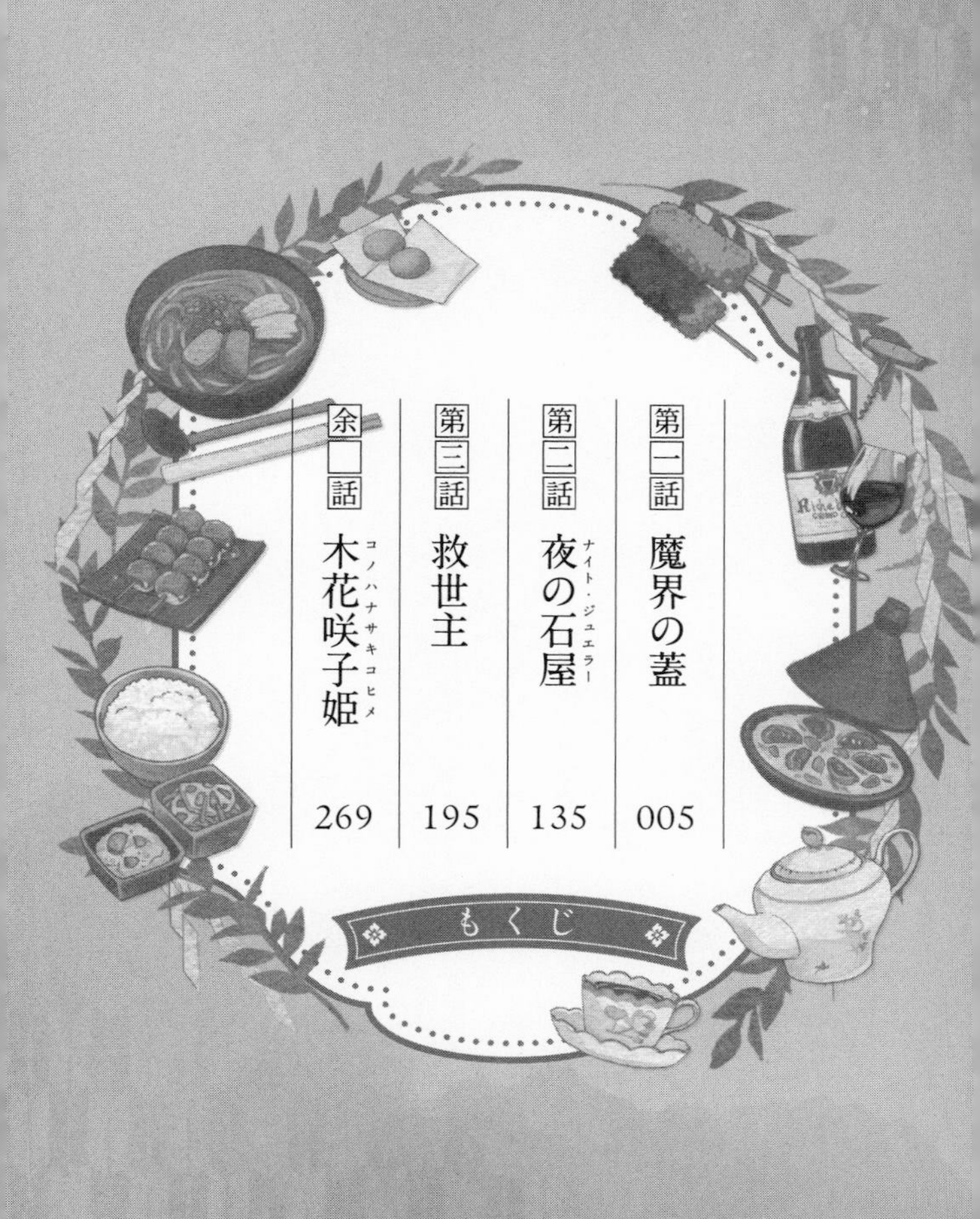

もくじ

第一話　魔界の蓋

霊眼スイッチ

クックー、クックー、クックー……。

旧西ドイツの名工(マイスター)が作ったカッコー時計が七回鳴くと同時に、からくり人形の木こりは動き、ヤギは飛び跳ね、時報が鳴り終わるとオルゴールが流れ、その音楽に合わせ水車が回り、テラスの人形たちは踊り始める。

「ああ……もぉ……めっちゃ体が重いわ……。昨日のケンチキのトクトクパック、六ピース・セットにしたのが絶対あかんかったやつ……。部屋も匂うなあ……。でも四ピース・セットやったらサイド・ディッシュが二つしか選ばれへんし……。絶対ポテトとビスケットとチョコパイ食べたかったしなぁ……」

夏掛け布団の下から、ぼそぼそと、しかしやや高音の可愛(かわい)い嘆き声が聞こえる。

せっかくのヴィンテージ掛け時計が、持ち主のさわやかな目覚めを促しているのに、その当人——女子大生といった風情(ふぜい)の女子一名——はとんでもなく広い部屋の隅のベッドの中で具合が悪そうだ。

運動で鍛えた様子は微塵もない、白いぽちゃぽちゃした腕が、布団からにゅーんと出てきたと思ったらベッド下の何かを捜している。

つかんだのは、ハーゲンダッツのバニラチョコレートマカデミアバーの空箱だ。『食べてHAPPY』と書かれている。

「ああ、これや、これ……あった……リモコン……。『冬のアナタ』が見たいねん。早朝の韓ドラに、うっかりハマってしもて……。ヨシ様とジリ姫が今日こそくっつきそうなカンジなんよ……」

アイスの空箱とテレビのリモコンだったら、握った瞬間、その重さで違いがわかりそうなものなのだが、布団の中の人は、つかんだ空箱のあちこちをしばらく指で押していた。やがて間違いに気づくと、何か思いついたように頭上のヘッドボードに手を伸ばし、小物を置くための宮棚から今度は木の棒をつかんだ。木の棒の先は手の形に彫られている。つまり孫の手だ。布団の中の人は孫の手を握ると、再びベッドの下をあちこちかき回しているが、その先にあたるのは、塩キャラメルの袋だの、高級プロポリスだの、読みかけの雑誌だの、ゲームセンターで獲得したぬいぐるみなどなどだ。

そんな便利な宮棚があるのだったら、孫の手ではなく、なぜ初めからそこにリモコンを置いておかないのだろう、と誰もが不思議に思うところだ。

孫の手を操る手は小さく、指は短い。しかし爪にはビジューをふんだんにつけた可愛いネイルをしている。

「うあっ、いったぁあああ〜っ！」

その時、布団の中で絶叫が聞こえた。

「ああもう……こんなところに、あったんか……ったく、痛いやないのっ!!」

ようやく大画面テレビのスイッチが入った。リモコンが布団の中にあったらしく、本人がそれを背中で踏んで、テレビがオンになる。

「今日のニュースです……ニューヨーク・ダウは、前日まで大きく売られた反動から、小幅反発しました……しかし、景気後退への懸念も根強く、一時七百ドル超下落する場面もありました……」

番組は、経済ニュースを報じている。

「ええなぁ……株買いたいけど、わたしの場合、脳内一人インサイダー取引みたいなもんやから、買いたくても買われへんねんなぁ……一応、人の道は外れたくないし。ズルしたらあかん。そんなん、神様にはお見通しやから……」

昨夜ケンタッキーのトクトクパック六ピースセット（プラス、サイド三つ）を完食した人は、夏掛け布団の中、わけのわからない戒めを自分に課している。

「だから……経済ニュースじゃなくて……『冬のアナタ』が見たいんやって。今日こそ、ヨシ様がジリ姫に告白するはずなんよ。ああ……身分違いの恋……韓流ドラマならではのベタなストーリー展開。なんか、考えると胸が痛いわ……」

　食べすぎで胸焼けしている上に、痛みまで訴えている。

　しかし、大学生が住むには広すぎる部屋だ……すべての間仕切りをのぞいた二十畳ほどの寝室をかねた豪華なリビング(L)・ダイニング(D)・キッチン(K)。ただ、足の踏み場もないほどモノが散らかっているのは残念だ。まだ開封してない宅配便の箱なども、あちこちに散らばっている。部屋の隅にかなりグレードの高いお掃除ロボット・ルンバがあるが、さすがのルンバもこれでは掃除がしにくいだろう。

　バルコニー側の南西の窓には、モロッコのベルベル人が織った赤と朱がメインのタペストリーが左右に一枚ずつ、カーテン代わりにかけられている。

　手織りなので微妙に柄が違うが、キリムと呼ばれる幾何学模様は、夕日があたるとそれはもう美しい。しかし、よく見るとそのタペストリーの裾は、何かにかじられたのか糸が引っ張り出されてボロボロだ。

　とにかく今朝、そのタペストリーの向こうがなんとなく薄暗い様子からして、外は曇りなのだろう。

　さっきのカッコー時計の隣には、メキシコのソンブレロが壁にかかっている。

　これは男性用の黒く大きな帽子で、生地はフェルト、そこに金モール銀モールそしてスパンコールで美しくデコレーションされている。かぶっている様子はない。埃(ほこり)がうっすら積もっている。

かと思うと部屋の中心には、天井にぴったりフィットしたトーテムポール。これは強烈だ。上から神話上の怪鳥サンダーバード、シャチ、グリズリーベアの順で彫られている。色の褪せ具合から考えてレプリカではなさそうだ。Vancouver, Stanley Park と書かれたキティちゃんの付箋が、グリズリーベアの手にペタリと貼られている。カナダから持ってきたのか?

わかった。ここの住人の父親は外交官か何かで、彼女は小さい時から世界中を移り住んできたのだろう。

その外交官の娘かもしれない住人は、今、ようやく手にしたリモコンのチャンネルボタンを押すと、画面が『冬のアナタ』に変わった。

「はあ?　なんや……またヨシ様の意地悪母さんが登場やん。え?　ジリ姫の家までおしかけて、ジリ姫にクビを言い渡した?　そしたら、ジリ姫は明日からどうやって生きていくんよ。あの子、天涯孤独なんやから」

声の主は、布団の隙間からテレビを見ているようだ。怠惰な人柄がうかがわれる。

「まぁ、そうなるんかなぁ……ヨシ様は財閥の御曹司やもんね。でも、なんでヨシ様は、あの母親に逆らってジリ姫と逃げようとは思わんのやろ?　ああ……儒教か。儒教は尊い教えだけど、この年上の方々を敬う儒教のお陰で、またまたこのドラマ、泥沼展開になっていくわ……そりゃ視聴率あがるわけやな……」

また布団からぬーっと手が出てくると、それは枕元にあるブレスレットをつかんだ。ゴージャスかつカラフルなパワーストーンでできている。

布団の中の住人は、それを左腕にはめると、

「ほんまに、もうそろそろ起きなあかんわ」

と、自分に気合を入れていた。横着モンで、許されるならいつまでもゴロゴロするつもりにも見える。

二方向の壁には、天井まで届く高さの本棚。クセの強い本が並んでいる。たとえばケルト人大魔術辞典だの、天使伝説だの、楔形文字で書かれたハンムラビ法典だの、呪いのパワーストーンだの、かと思うとアラビア語で書かれた正体不明のボロボロの本とか、分厚いラテン語の辞書とか、そうかと思えば大人買いされたであろう今流行りのヒーローものの少年漫画がずらりと並んでいたり……。たまに空いたスペースに六角柱の水晶原石や、ガンダーラあたりで掘り出してきた石仏、あるいはレトロなバービー人形が、素敵な民族衣装を着て飾られていた。

部屋には世界のありとあらゆるものが展示されているが、一貫性がないというか統一されていないというか……趣味にしてもあまりにも脈絡がない。

時は九月。それでも盆地の京都には、ねっとりからみつくような厳しい暑さが続いていた。

「ヨシ様の意地悪母さんのせいやわ……頭までズキズキしてきた……今日から新学期なんて、ほんまイヤやわ……。初日から休講ってなったらええのに……」

つまりベッドからなかなか出てこないこの人は、大学に行きたくないらしい。では、先ほどの気合は、何だったのだろう。

まあ確かに長い夏休み明け、大学に行きたがる人なんて、同じ講義を片思いの男子、あるいは女子がとっている学生だけだ。

「久しぶりに嫌な予感がするねんなぁ……。そうや!! こんな時はヒマラヤの麓(ふもと)の茶摘みのおばちゃんに分けてもぉたシャンパン・ダージリンを飲んで、気合を入れたらええんや。あ、なんか考えただけで、ちょっとだけストレスなくなるわ……」

そして、よっこらしょっとベッドから這(は)い出てきたのは、やはり女子大生……?

ジェラートピケのパンダになれちゃう耳付きパーカ、夏用もこもこ素材のパジャマを着ている。……いや、ちょっと待て。

確かに姿形は大学生と言っていいほど若く見えるが、実はこの人、京都府は烏丸(からすま)大学文化人類学部民俗学の教授、一凜子（にのまえりんこ）さんだった。

一と書いて、『にのまえ』と読む。二の前だから一。この苗字（みょうじ）のお陰で生まれてから四十八年、初対面の人相手に苗字の説明から始めねばならない手間を強いられてきた。

銀行に行っても病院に行っても、正しく読める人はいない。イチさーん、とか、ハジメさーん、とか、イチリンコさーん、などとフルネームで呼ばれた時はまたかとため息をつきたくなる。

その凜子さんがキッチンに向かうと、廊下の向こうから、巨大な白いモフモフ犬がドタドタ走ってくる。モフモフ犬は賢いので、ご主人が寝ている時は絶対に邪魔をせず、別室で静かに眠っている。

「にぬき〜おはよう。わたし、今日はめっちゃ体が重くて……頭も痛いねん……。ケンチキ、六ピースも食べたのがあかんかったと思うねん……。にぬきはケンチキの代わりに茹（ゆ）でたササミやったな……あんた、あくまでも健康志向やな？」

凜子さんは使い込んだ南部鉄瓶に浄水を入れ、それをコンロにかけた。

『にぬき』というのがモフモフ犬の名前だ。関西でにぬきと言ったら、ゆで卵のことだ。凜子さんがこのワンコに出逢（であ）った時、子犬だったにぬきのまん丸ほわほわの顔を見て、湯気のたったゆで卵が瞬時に思い浮かび、以来にぬきと呼んでいる。

そのにぬきは現在七歳の男のコ。フランス原産のビション・フリーゼという由緒正しきワンちゃんである。

真っ白でふわふわの綿飴みたいなその姿はただただ愛くるしい。散歩に出ると、わっ、ヌイグルミが動いた！　とか、巨大プードル？　とか言われる。ビション・フリーゼは『愛くるしい巻き毛』が名前の由来で、さまざまなカットの方法があるが、凜子さんは耳と頭が一体化してまん丸になる、パウダーパフカットがお気に入りだ。

ついでにしっぽもまん丸になるようにカットしてもらうので、前から見ても後ろから見ても歩くたびにポンポンがふわふわしている。そのスタイルをキープするため、二週間に一回、にぬきはトリミング・サロンに連れていかれる。ビションカットができる人気サロンに行くために、にぬきのトリミングのスケジュールに合わせて凜子さんは自分の予定を組んでいた。

しかし、当の凜子さんは、年に一回も美容院には行かない。だから常に腰までの長い髪をキープしている。あまりに長くなり過ぎた時はヘア・ドネーションをする。人に優しく、地球に優しく、自分にはめちゃめちゃ優しく、がポリシーだ。

凜子さんは鏡も見ないで髪をヒョイと後ろで束ね、くるくると丸めて高級そうなヘアクリップでパチンと留めた。このくるくるパチン方式で、一瞬にしてカッコよくなってしまう。不器用で面倒臭がりの凜子さんが編み出した究極の手抜きスタイルだが、手が込んで見えて、評判は上々だ。

　そしてシンク上の戸棚を開き、奥の奥に置いてある錫の茶筒(ピューター・ティー・キャディ)を取り出す。マレーシアにある錫(すず)製品の老舗、ロイヤル・セランゴールで一目ぼれしたものだ。花と蝶(ちょう)が彫金された茶筒はいつ見ても美しい。凜子さんは、茶葉を量れる円筒形の蓋をうやうやしく引き上げ、中をのぞくと、

「えっウソやん、なんでやねん。シャンパン・ダージリン、もうほとんどないやん！　そんな簡単にヒマラヤには行けへんねんから、大事に大事にとっといたのに……まさか今朝が最後の一杯になるとは、夢にも思わんかった……」

　あるじの嘆き悲しむ姿を見て、にぬきは伏せの形を取り、ショボリをアピールする。あくまでもご主人に寄り添おうとするその心根には痛み入るばかりだ。

「だ、大丈夫やで……にぬきの朝ごはんは、ちゃんとあるから」

　その言葉通り、凜子さんは添加物一切なしの自然派ドライフードをお皿にカラカラとだしてあげた。茹でたササミも割いてまぜる。

『パルドン(すみません)、ではボク、お先にいただきます。メルシー、マドモワゼル』

　とでも言っているかの顔で、にぬきは朝ごはんを食べ始める。

　フランス原産のワンコなので、どうもフランス語でしゃべっているような気がしてならない。ボクというのもメルシー・ボクの beaucoup(ボク) から来ているような感じだ。

コンロのお湯が沸騰すると、凜子さんは最後の一杯になるシャンパン・ダージリンの葉っぱを、温めておいた陶器のポットに入れ、一気に熱湯を注いだ。その後ポットにタオル地のティー・コージーをかぶせるのも忘れない。この蒸らす一手間がお茶の味をグンと引き立てる。

お茶が入る間に南西の窓へ向かうと、凜子さんはベルベル人のタペストリーをブラインドのように紐でサーッと上げた。その先にはルーフバルコニーが広がっている。窓を開けてツッカケを履き、十五歩行くと京都御所が一望できる。その眺めが気に入って、凜子さんは御所の南という一等地に居をかまえた。

四階建ての四階のルーフバルコニーに、ちょっとくたびれた夏の終わりの風が吹いている。このところ雨がまったく降らないので、乾いた細かな土埃が舞っているようで、それが汗でべたついた起きぬけの顔にくっついて毛穴をふさいでいる。

朝七時過ぎの京都は、まだそれほど暑くはなかった。曇っているせいだろう。

「にぬき、天気はイマイチぱっとせぇへんけど、後でお散歩行こ」

ルーフバルコニーから見える鴨川の流れは、曇り空を映してどんよりしている。しかしそこは、凜子さんとにぬきのお気に入りの散歩コースだ。

桜のシーズンには鴨川がピンクの花筏になる。そして秋、紅葉の頃には、川沿いの並木が赤や黄色、オレンジやエンジに変化していく。遠くには清水寺の三重塔が朱色にそびえて鮮やかだ。窓を開けた先は日本画の世界だ。

一方にぬきはキッチン前で引き続きゴハンを食べている。尻尾を左右にヒタヒタ動かしているので、恐らく『散歩、トレビアン！』と喜びを表しているのだろう。

そうこうしているうちに、シャンパン・ダージリンが入り、凜子さんはそれをルーマニアのカップに注いだ。上質のダージリンが香り始める。それをかいだだけで頭痛の三分の一は治まっている。部屋にこもったケンチキの匂いも一瞬にして気にならなくなる。

「このキラキラした水色……渋みも心地よく、ただひたすらに爽やか。オーガニックだからおいしいねんな……あのヒマラヤの麓の空気が、この紅茶を作ってるんやもんな。あああ……このマスカットの香りが、シャンパンって呼ばれる所以やな……でももう、このマスカット・フレーバーを楽しめるダージリンには、日本では巡り合えへんらしい……あ、やばい……泣きそうやん……」

ドラキュラ伝説で有名なトランシルバニア地方で手に入れたこのカップ＆ソーサーは、粘土を網目状に編んでいく職人芸が特徴で、凜子さんのお気に入りの陶器の一つだ。二十年ほど前、ドラキュラの子孫がいるという噂を聞きつけ、ルーマニアまで取材旅行に出かけた時に手に入れた。

凜子さんは、結局会うことのできなかったドラキュラの子孫に思いをはせながら、最後のシャンパン・ダージリンを一口、そしてまた一口と飲んでいく。

体が少しずつ軽くなる。きっと最後の茶葉が全力で凜子さんを応援し、お別れを言っているのだろう、というのは、凜子さんの勝手な推測だが、カップ二杯の紅茶を飲み終わった時、凜子さんは、ほぼほぼ元気になっていた。

「にぬき、お待たせ〜。行こか？　鴨川歩いて、途中『志津屋』さんに寄って、カルネ食べようかなぁ……って、昨夜ケンチキ六ピースパック食べてるのに、なんや完全に食欲戻ってるな、わたし」

凜子さんはこの瞬間、今朝の調子の悪さが、昨夜の食べ過ぎが原因ではないことにうっすら気づいていた。

ちなみにカルネとは、ドイツのカイザーロールに、ハムと玉ねぎを挟んでいるだけのシンプルなものだが、これは京都人のソウルフードといってもいい。凜子さんは家では何かをレンチンするくらいで、料理などしない。忙しいせいもあるが、それより京都には、おいしいお店がありすぎるのだ。

＊　＊　＊

「はあ……食べ終わったら授業のことを考えなあかんから、一気にテンション下がるわぁ……クリームパンも買うといたらよかった……カスタードクリームがほんま美味しいねんなぁ……やっぱ甘いもん食べたら頭働くのに、しくったな」

　鴨川沿いを少し下がったところの『志津屋』で買ったカルネを食べ終わり、にぬきを乗せたバギーを押した凜子さんは、どんよりとした鴨川を眺めながらため息をついた。

　凜子教授が教鞭を執る烏丸大学の後期の授業が、今日から始まる。

　午前中は民俗学の初級編、西洋の俗信・迷信などを日本のそれと比較する授業がある。例えば日本では黒猫は縁起物の招き猫になったりするが、イギリスやアメリカでは魔女の遣いとか悪魔の化身と忌み嫌われている。イギリスの紋章で犬が使われることはあるが、猫はない。

　そういうところから各国の歴史を紐解いていくのだが、学生たちは必修講義には真面目に出席するが、一般教養の民俗学には単位の数合わせで受けに来ている場合がほとんどなので、そのコらをどうやって開眼させるかが、毎学期頭の痛い課題なのだ。

「民俗学ってほんま面白いよなぁ……魔術、ハーブ、パワーストーン、食事、衣服、宗教、結婚式、お葬式、ありとあらゆる祭典。そこから見える人々の暮らしには、ロマンとミステリーがいっぱいなんよ……もぉ考え出したら止まらへんわ……」

　テンション下がると言いながらも、凜子さんの目はキラキラしている。

「にぬき……あんた、散歩って言いながら、バギーからまったく降りへんなぁ……楽しすぎやって」

モフモフ犬はバギーの中、やや前のめりになりキョロキョロしている。

川沿いにはベンチがあちこちにあり、老夫婦が静かに語り合っていたり、ジョギング中の青年が一休みしたりしている。

さらに歩いて行くと、日陰のベンチにアラフィフくらいの女性が座っていた。

その彼女はぼんやりと、朝からみたらし団子の串を握っていて、長身、痩せ型、薄茶のくたびれた麻のスーツを着ている。髪はセミロング、生え際に白いものが見える。その髪を引っ詰めて一つに束ねている姿は、かなりお疲れの様子だ。ベンチの脇においた小ぶりの柔らかそうな革のボストンバッグはロエベのものだ。

「ああ……みたらし団子……今、見たなかったって……カルネを堪能した後に甘い団子……って完璧なデザートなんよ……。しかもあれ、『みくに屋』のみたらし団子やんか？　焦げ目のついた小ぶりの串団子……甘辛いタレがたっぷり……甘すぎへんから、つい何本も食べてしまうねんなぁ、京都一危険な和菓子……。いや、ちゃうわ、京都一危険な和菓子といったら、誰がなんと言おうと今宮神社さん前の『あぶり餅』やわ。あのお餅の焼ける香ばしい香りと味噌だれの誘惑に負けて、いったい今まで何皿食べたことやろか。しかも、気づくと帰り際、お持ち帰りまでお願いしてる自分の意志薄弱さがほとほと嫌になるわ。でも、家に帰ってからレンジでチンしたら、あの焼き上がりの香ばしい味が復活して……考えただけでよだれ出るわ……」

凜子さんが他人のみたらし団子をガン見しているのは失礼、とばかりに、にぬきが、

「ヴゥ〜、ワンッ！」

と今朝初めて、そのルックスからは想像できない野太い声をご披露した。

とたんに凜子さんのスイッチが入る！

「えっ！　あっ、やだっ!!　み、見えるっ……。ああ、そっか……起きる前から体が重かったのは彼女のせいか。どうしよ……。新学期の授業前に、こんな大仕事絶対したくないのに……あ、なんか気持ち悪い……」

凜子さんがくるりとバギーの方向を転換し、自宅マンションへ帰ろうとすると、にぬきがいきなりバギーから飛び降り、地面にそのモフモフボディーをこすりつけ、派手に土埃をあげる。

「ちょ、ちょっとやめてよ、よごれる！　黒くなる！　黒くなるって！　一昨日トリミングサロンでシャンプーしてもらったところなのに、ほんまやめてっ！」

ボクはここから動きません、というあるじに反旗を翻すポーズだ。

「にぬき、あのね、今日はゼッタイ無理やから。大学に行かなあかんねんて。にぬきそれ、知っとぉやんね？　わたしね、初日の授業が一番嫌やねん。ほんま疲れんねん

から。はっきり言って針のむしろ。初対面の学生たちの冷ややかな眼差(まなざ)しに勝てたことなんてないねんから。初日はまず自分のエネルギーきっちりためて早めに大学に行って、講義室中のイヤなものをぜーんぶ浄化しておかなあかんねん！　講義室だけちゃうで、夏休み明けの大学は、もういたるところにヘンなモンがうじゃうじゃおんねんっ！　学生が少なくなってる間に、みーんな住み込んでまうねんから！」

　それでもにぬきはあるじの頼みを無視して、土埃をあげながら、

「ヴゥ～～、ワンッ！」

　と、転がりながらまた吠(ほ)える。問題提起をしているようだ。

　これ以上にぬきをよごれさせてたまるかと、背の低い凜子さんが大きなモフモフ犬をかかえる図は通りがかりの人の笑顔をさそうが、当人は必死だ。帰りたい凜子さんと、帰っちゃいけない使命にかられたにぬきとの攻防戦が、早朝の鴨川で繰り広げられている。

　と、その時、凜子さんは、ベンチの中年女性が二本目のみたらし団子に手をのばすのを、瞳の端っこでとらえてしまった。

「ああ……もう絶対ムリ。なんで？　普通なら生きていかれへんレベルやん。なんでああも悠然とみたらし団子を食べ続けられるのか、よぉわからんわ……」

　にぬきもやっとおとなしくなり、バギーに戻せとばかりに抱っこのポーズをとって

きた。

　バギーに乗せてもらうと体をブルブル震わせ、土埃をはらっている。が、そんな簡単によごれは落ちない。凜子さんのテンションはさらに下がる。

「えっと……右肩にいるのは……三十代前半のショートカットの女性やな？　可哀そうに。精神的に苦しんで食べられんようになって、病気で亡くなったみたい……。悔しい、なんで私がって、今も言うてるわ……。あと、えっと……左肩にいる四十代の女性は……元はめっちゃ美人さんやったのに、自分で亡くなったみたい……気の毒やわ……。この女さえいなければ私は幸せになれたのにって言うてるけど、この女ってたぶん、みたらし団子を食べてる彼女やんね？　でも、そんな悪いことをするような女性には見えへんなぁ……。ああ、え？　何？　みたらしの彼女の腰回りに蛇みたいにからみついてるコワイ顔の女性がおるわ！　この女にだけは子供を生ませるもんかって言ってる。あれ生霊やんか！　どっかでみたらしの彼女を呪ってんねんな……。ホンマそういうの、やめてほしいわっ」

　このように凜子さんには、人には見えないものが見える。

　それは小さい頃からで、よく目を凝らして見てみないと生きている人なのか、亡くなっている人なのかの区別もつきにくい。下手に口に出すと周りがドン引きするので言ってはいけないのだと、うすうす気づきだしたのが中学に上がってからだ。

そして自分に見えているものが、他の人にも見えるかどうかがわかってきたのが、高校に上がったあたりだ。案外、結構な時間がかかっている。

小学校六年生の時、修学旅行先の東京で靖國神社へ連れていかれたが、そこは足の踏み場もないくらい大勢の軍人さんたちでいっぱいで、しかもそのほとんどがどこかしら負傷していて、とても中に入れるような状態ではなく、どうしよう、どうしよう、と一人鳥居の前で立ち往生していたら担任の先生がやってきて、

「凜子、お前、何してるんだ！　列みださないで、さっさと歩け！」

と、腕を引っ張られ、無理やり境内に入れられ、「ごめんなさい、ごめんなさい」と泣いて謝りながら、血みどろの軍人さんたちの身体をすり抜け参道を歩いたのを昨日のことのように覚えている。仕方のないこととはいえ、そんなことがある度に傷ついてきた。

子供の頃は四六時中、そういった霊が見えていたが、大人になった凜子さんは今ようやく、見たい時は見る、見たくない時は頭の中にシャッターのようなものを下ろして見えなくするような技術も身につけていた。

しかしそこまでたどり着くのには、親兄弟にも理解してもらえない孤独と不便を強いられた日々の連続だった。

「ええ〜〜？　まだ憑いてるみたいやん……。顔は見えへんけど誰かが両手で彼女の

首を絞めてるな。なんで彼女、平気なんやろ？　見てるこっちのが息、できへんような気分になるわ……」

　すると、みたらし団子の彼女が、急にむせ始めた。

　尋常なむせかたではない。咳き込みすぎて、喉の奥でヒューヒューいっている。

「そりゃ、むせるわ……だって、めっちゃ首絞められてるもん」

　凜子さんは、とうとうベンチへ駆け寄った。

「あ、あの……大丈夫ですか？」

　たずねると、みたらし団子の彼女は、声は出せないものの大丈夫、大丈夫という仕草なのか、左手を上げて凜子さんを制した。

　その左手に細くてペラペラの包帯みたいな布切れが、からみついている。

　その布切れの先は、顔のようなモノになって彼女の薬指に嚙みついていた。いわゆる水木しげる先生が描かれた『一反木綿』の極細ミニバージョンだ。

「あ、あの……これ、よかったら飲んで。さっき自販機で買ってきたばかりやから、あけてへんし」

　凜子さんは、にぬきのバギーのポケットからミネラルウォーターをとりだし、差し出した。

「そんな……いいんですか？　じゃあ、お言葉に甘えて……ありがとうございます」

女性はペットボトルのキャップをカチッと開け、ゴクゴク飲み始めた。

その姿を見て、凜子さんはアッと驚いた。彼女の首を絞めていた手が離れていく。

「ああ……苦しかった……助かりました……」

女性はベンチから立ち上がって、凜子さんに深々と頭を下げた。

やはり背が高い。百五十センチあるかないかの凜子さんより二十センチは上だ。年齢は凜子さんと同じくらいかもしれない。しゃべる言葉から判断して、京都の人ではない。関東……おそらく東京の人だ。

きっと美人なのだろうけど、今の彼女は痩せ過ぎている。頬がこけて顔色も土気色だ。くたびれたスーツ姿からして、観光で京都を楽しんでいる感じではない。とはいえビジネスで来ているようにも見えない。

首を絞めていた手は消えたが、両肩の女たちは引き続き、コワイ顔で彼女にくっついたままだ。腰まわりにいた蛇のような生霊は、一瞬姿を消している。

「わあ、これ、富士山のミネラルウォーターなんですね」

そう言って、彼女は笑った。

いや、そこ、笑うとこちゃうし、笑っとぉ場合でもないしな……と、凜子さんは心の中で思わずツッコんだ。両肩に憑いた女たちは、怒り狂っていて呪い殺す勢いMAXだ。

凜子さんは、久しぶりにこんなに憑かれている人を見た気がする。

「あの、私、富士宮(ふじのみや)っていいます。富士宮咲子(さきこ)と申します。東京から来たのですが、実家が静岡で……だから富士山とは切っても切れない御縁があって……まさかこの京都で富士山のご神水を頂けるとは思わなかったです……」

富士宮さんは、ポロリと涙をこぼした。

ああ、やっぱりそうなんや。ずっと何かに苦しんで、悲しかったんやね。

「本当にすみません。私、初対面なのに、みっともないところをお見せして……」

富士宮さんはポケットからタオル地のハンカチを取り出すと、両目に当てた。

タオルハンカチはぐちゃぐちゃだった。ここに来るまで何度も何度も涙をぬぐってきたのだろう。

「あの……富士宮さん……ぜんぜん……大丈夫……ちゃうと思いますけど……？」

凜子さんはふぅ～っと大きく息を吐いて、腹をくくった。

今朝からずっと頭が痛くて体が重かったのは、今日出逢うこの彼女の状態が、自分の波長にリンクしていたからだ。ケンチキはまったく関係なかった。ケンチキ、ごめんね。あんたのせいにして……。そうと分かればまた、今夜も六ピーストクトクパックを買って帰ろう。凜子さんはとことんケンチキに忠誠をつくすつもりだ。

馴染(なじ)みの神様は時々、こうやって凜子さんに人助けの指令をだす。その指令をスルーする時もあるし、スルーしてもスルーしても指令が止(や)まない時は、諦めてお役目を果たす時もある。

「どこから来はったん？　東京？　観光には見えへんけど」

「はい……たまには……楽しいことをしようかなと思って……」

富士宮さんが今「たまには」と言ったところが、凜子さんには「最期に」と聞こえてしまう。それは富士宮さんの心の声だ。

こんなに女性に恨まれているということは、男が原因だろう。男性問題で、彼女は苦しめられている。

「あの、とりあえず、いきなりごめんね。先に謝っとくし。ちょっと変な話してええかな……。富士宮さん、ダメ男(おとこ)にひっかかったでしょう？　ルックスはかなりよくて年下やんね。女癖は……最悪やな！　で、パパは大企業の社長かなんか？　とりあえず金持ちやんな。パパの会社で彼は部長……いや本部長？　をしてるみたいやけど、仕事はな～んもでけへんな？　部下にめっちゃ丸投げしてる。困った時はママ頼み。究極のマザコンやん。このダメ男のパパが、秘書のあんたを息子の嫁にと選んだんかぁ……。まぁどっちにしても、お姑(しゅうとめ)さんからのすごい嫁いびりに遭遇やんなぁ？このママ、社長である旦那さんとは昔から家庭内別居状態。息子命やし、息子さえいればええって本気で思っとぉな……」

凜子さんは目を細め、富士宮さんの背後、頭よりちょっと上を凝視しながら情報をとつとつと伝える。

ずっと一緒にいて、あたかも一部始終を見ていたかのような凜子さんの話し口調に、富士宮さんは驚きを隠せない。しかし言っていることは全て事実のようだ。

「それと……ちょっとあんた？　その、右肩にいるあんたやって……悪いのはあんたを騙した男やんか。よぉ考えてみて？　土日に会えない男は、既婚者って相場が決まってんねんで。あんたも微妙に気づいとったやろ……？　でもなんであんたみたいに綺麗なコが、こんなダメ男にひっかかったんやろなぁ……。ああ、とにかく結婚というものをしたくてしょうがなかってんな、周りもみんな結婚していくし年齢的にも焦るわな。そりゃあ、結婚チラつかせたイケメンおったら一生懸命にもなるか。それにしてもほんまダメ男やな……男の母親も大クズやな。この母親から百？　あ、二百万円もらったん？　でも叩きかえしたん？　えらいわ、あんた辛かったね。まぁ、わたしならもらっとくけどな。ってそれはさておき、こちらの富士宮さんは関係ないと思うで。彼女は確かに奥さんやったけど、一日たりとも心安らかに暮らした日はなかったと思うで……なんか全然幸せそうちゃうやん？　ほら見てみ？　彼女もあんたと同じで、ものすごく痩せてる……あんたのお陰で苦しんだんやで」

凜子さんは、富士宮さん自身にも、鴨川を散歩している他の誰にも見えないであろう、富士宮さんの右肩に乗っているショートカットの女性に語りかけていた。愛した男性が既婚とわかり、ショックのあまりセルフネグレクトになり亡くなってしまった人のようだ。元は可愛かったはずなのに、今、凜子さんに見えている姿は骨と皮だけのお婆さんみたいだ。

凜子さんは次に、左肩の女性に話しかける。こちらの彼女は、睡眠薬のオーバードーズで亡くなったようだ。顔にも首にも紫色の斑点がある。

「あのさ……関係ない人にまとわりつくのも結構罪悪感があるやろ？　あんただって、富士宮さんが悪いとは思ってないやんね？　あのダメ男が憎いけど、まだ好きだから男を恨まれへんのか……だからダメ男の奥さんを恨むってのも何かちゃうんちゃう？　そんなんしてたら天国に行けへんまま、ずっとその辺うろうろしとかなあかんで。ほんで、わたしみたいなんに出会って、自分の意思じゃなくササッと上にあげられたりしたらたまらんやん？　それってほんまに嫌やろうし、つまらんし寂しいやん？　一旦、神様の元に戻ってリセットしたら、めっちゃ楽になるって。あんたを苦しめた人は放っておこう？　もうあんなやつに囚われんのやめよ。あんたもあんたなりに頑張ってたんやろ？　頑張って頑張って立ち直ろうとしたけど、どうにもならなかったんやんね？　そんなん神様はわかってはるわ。ちゃんと上から見てはるって」

凜子さんは、右の人差し指で曇り空を指さした。それから目を閉じ、何やらぶつぶつと呟きだした。聞いたことのない呪文のようだった。

　しばらくすると、どこからともなく高級なお香のようないい香りがしてきた。見ると、どんよりと濁った鴨川の水面で、小さな光が二つ躍っていた。そこから、光の筋が立つ——のではなく、逆だ。上から薄日が二本、水面に差していた。天使が舞い降りてきそうな、梯子のようにも見える光だ。

　凛子さんが霊を説得している間、富士宮さんは、なんだかジッとしていないといけないような気持ちになった。体がカァッと熱くなったり、冷たくなったりしたと思ったら、急に体がブルブルッと震えていたが……。

「えっ、何？　あれ？　肩が軽いわ……どうしたのかしら、私……」

　富士宮さんは立ち上がり、両肩をゆすっている。その手にはまだ、食べかけのみたらし団子が握られている。

「ねえ、富士宮さん。その残りのみたらし団子を、彼女らにお供えしていい？」

　凛子さんは、ベンチに置かれている『みくに屋』の透明パッケージを指さした。中にはまだ三本入っている。

「え？　ああ、はい……こんな残り物でよかったら召し上がって下さい」

　富士宮さんはポカンとした顔で、凛子さんにパッケージを差し出す。

「えっと、わたしじゃなくて……」

凜子さんはみたらし団子を受け取り、

「あのさ、これ、おいしいから食べていき！」

パッケージを開け、それを両手で空高く掲げた。富士宮さんは訳がわからなくなる。

一方、凜子さんは、みたらし団子を掲げる姿勢を取り続け、一分ほどしたところで、

「もう、いや～っ、腕が痛い～～っ！」

と言いながら腕を下ろすと、なんとすぐに一本試食している。

「ああ、よかった。食べてってくれてはる。やばい……マズイわぁ」

「は？　な、何……どういうことですか？　おいしくなかったんですか？」

富士宮さんが、たずねる。

「せやねんなぁ。あんたも食べてみて。そしたらわかるから……」

凜子さんは、空に掲げたみたらし団子を勧めた。

富士宮さんがおそるおそる手つかずの三本目を一口、食べてみると……、

「えっ……？　あれ？　なんなのこの味……？」

奇妙な感覚に首を傾げた。

「マズイやろ？　彼女たちが食べた後ってほんまに不味くなんのよ。なんやろ、味がなくなんの。それこそが、彼女たちがお供えを食べていった証拠なんやけど。今、富士宮さんが手にしてるみたらし団子と比べてみたらわかりやすいかも」

　凜子さんに言われて、さっきからずっと握っていた二本目を、富士宮さんがもう一度口に入れてみると……、

「あ、これは普通においしいですけど……え？　どういうことですか？」

「富士宮さんの右肩と左肩にいた霊を上にあげといた」

「え？　それって除霊……みたいなことですか？」

「除霊、っていうのは、ちょっと……なんかちゃうねん……そうは言いたくないねん。だって、取り除くっていう言い方は、なんか上から目線な気がするやん、向こうもどっかで早く上に上がりたいはずやもん。でもタイミング失ったんやな。だからただ、彼女たちとお話しして、嫌やったことも聞いたげるし　でもそんなんしててもお互いに困るやん、って説得するねん。で、ちゃんと納得したらこの世での未練や執着心が断ち切れて、天国からお迎えの光の梯子が降りてくんねん。あ、すごい風とか吹く時もある。竜巻が起こったりもする……何せみんな話せばわかんねん。だからわたしは除霊じゃなくて、霊を上にあげると書いて『霊上（たまあがる）』って言うてんねん。あ、これは霊に対してだけやることだから。魔物とか悪いやつは、滅しちゃうねん」

　凜子さんは、今しがた起こったことを軽く説明してくれた。

「上にあげる……霊上？　そうなんですか？　ありがとうございます。今、すごく体が軽いですっ！　何だか久しぶりに気分もすごくいい！」

「ううん、わたしまだ全員を説得し終わってないから、もうちょっと時間がかかるわ。だからベンチに座っといてくれる?」

そう言って、凜子さんはチラ、とスマートウォッチを見た。

すると突然、その腕時計が、

『ショニチ　ニ　チコクシソウ　ダイジョウブ?』

と、勝手にしゃべりだした!

通常スマートウォッチは、「ヘイ、Siri」などと言わないと起動しないはずなのに、

「あ~そうやった、ありがとう、問題なし。多分ギリギリ間に合うから」

凜子さんはのん気にフツーに腕時計と会話していた。

『チコク……ナントカスル……ナントカスル……』

凜子さんの周りの精密機器は、このようによく誤作動?　を起こす。

＊　＊　＊

凜子さんが運転するBMW・MINI（ミニ）の幌つきオープンカー（コンバーチブル）が四条通にさしかかろうとすると、そこは通行止めになっていた。

凜子さんはすぐ先の烏丸通を目指している。彼女の勤める烏丸大学は、古都とモダ

ンが共存するお洒落(しゃれ)なエリアの一角にある。

　交通整理の警察官が、凛子さんに別の道を行くように指示を出した。

「うわぁ、どないしよう。もう午前の授業に間に合わへん……。きっとまた学部長に呼ばれて、あれこれネチネチ言われるわ。初日からいいご身分でとか、役員待遇結構ですなぁとか……絶対言うてくる……どうしよう。あかん、どうにもならへん気がしてきた……」

　新学期とあって、凛子さんはお気に入りのブランド、アーツ&サイエンスで買った新品のベージュのシャツワンピースに、ストライプのイージーパンツを合わせている。全体にダボッとした感じだが、上手に着こなしてお洒落だ。白の厚底スニーカーも軽快でいい。これで十センチ、背が高くなる。

　一方、ミニの助手席にいるモフモフ犬は、あるじの嘆きを横に前のめりになって、大通りの混沌(こんとん)を眺めている。どうやらこういうカオスが大好きらしい。

　歩道では、白モフモフが幌(ほろ)なしの白ミニに乗っている姿がとても映えるらしく、大勢がにぬきにスマホを向けていた。四条通はそれこそカオスだ。

「あの、おまわりさん、どうなってんの？　こんな大通りを封鎖して……。わたし、めっちゃ急いでるねんけど。このちょっと先、すぐのとこの大学に行かなあかんねん」

幌を上げた状態なので、凜子さんは思わず、すぐ横に立つ交通整理の警察官に声をかけてしまった。

「あんな、烏丸大学前の通りの水道管が破裂してん。もうそこらじゅう水浸しやし、どうにもならんのやわ。古都やから水道管も古くなってるんやろか」

交通整理に四苦八苦する警察官が教えてくれる。

「え……？　まじか……それってもしかして、大学まるまる休校ってこと？」

凜子さんは思わずハンドルから手を離し、ガッツポーズをしてしまう。人も街も全てが薔薇色に見えてくるほど気分が晴れ上がってくる。

「なぁ、今日はもう授業どころじゃないんちゃう？　しかし、学生さんやのにええ車乗っとぉなぁ。丸々太ったおっきなワンコまで乗せて……動くヌイグルミかと思ったわ。あーあ、学生さんはお気楽でええな。まあ、とにかく一旦、Uターン、Uターン」

警察官は、凜子さんを手で追い払った。

「ちょっと、おまわりさん。わたし学生ちゃうし。こう見えて先生なんやけど。それにこの車、親のすねかじって買ったわけちゃうし。学部長にいじめられて、学生に軽んじられて、それでも毎日コツコツコツコツ研究に研究を重ね、たまに海外で論文が評価されても日本ではわたしのことなんて誰も認めてくれへんねん！　そのくせ、ワイドショーとかは夏になると心霊現象について、わたしの意見をタダで聞きにきたりするし。たまにスポンサーがシャンプーとか缶ビールとかを送ってくるのは有り難く頂戴してるけど、とにかく身を粉にして買った大事な車やねん。日々苦労している警察官なら、そういうのわかってくれると思ってたのに……」

凜子さんは、大通りの真ん中で、警察官相手に臨戦態勢に入った。

「ああ……教授……やったんですか……。それはすんません。僕、すごい失礼なことを言うてしまって。あの、そういうことで、今日はどなたも烏丸大学には入れないので、一旦ここはUターンしてもらえませんか？」

警察官は、しまったという顔で凜子さんに謝る。

「ううん、ええわ。問題なし。休校ってわかれば、それでええねん。さすが神様。(って、もしかして神様、お役目をこなしていたわたしのために動いた？　水道管、破裂させたよな？　や……やりすぎちゃう？)」

我に返った凜子さんの額に、冷や汗が流れ落ちる。

「そうや。こういう時こそ一日一善せんとあかんわ……」

凜子さんは警察官にまた声をかける。

「えっと、あの、肩に三十半ばくらいの女の方、生霊になって憑いてるみたいなんやけど……。前におつき合いをされてた、女性警察官の方かと思うんよ。ほら、髪をショートカットにして、ガーネットのピアスがとってもステキな女性。おまわりさん、彼女と別れたみたいやけど、あっちは今も引きずってるよ。完全に誤解やって。彼女、浮気してへんよ。だって彼女が一緒に歩いてた男性、叔父様やって言うてたでしょ？おまわりさん、人の話ちゃんと聞いたげな」

凜子さんが言うと、警察官がびっくりした顔になる。

「えっ？　はっ？　だって……」

「彼女、お父様を早くに亡くされて、叔父様が、お父様がわりやったんやね。若い叔父様やから、年上の男性との不倫のように見えたかもしれへんけど、全然ちゃうから。彼女まだ独身やし、おまわりさんのことまだ好きでいてくれてるんちゃうかな」

「え……マジで……？」

「うん、間違いないと思うわ。早く食事に誘ったげて？　絶対、うまくいくから」

凜子さんが言うと、警察官はとびきりの笑顔になって、その右手で大きく敬礼した。

そしてようやく凜子さんのミニは、四条通を大きくUターンしていくと、

「先生……あの……」

いきなりその後部座席で、女性の声がした。

「一日一善って……先生はもう今日は朝早くから、私のために何十善も徳を積んでらっしゃると思うんですが……」

「細かいことはええわ。まあ、だいたいやねん。気分きぶん！　わたし、家から出ないと一日ゼロ善の時もあるし、トータルで一年三六五善くらい、うるう年の時は三六六善くらいを目指してんの。それより、大学が休校～～！　神様、派手に助けてくれてありがと！　ね、富士宮さん、お昼、食べに行こ？　おいしいお店があるねん」

なんと凜子さんは、迷い苦しむ霊たちを引き連れていた女性、富士宮咲子さんを愛車ミニに同乗させていた。あのまま彼女を鴨川のほとりに置いてきたわけではなかった。

「ありがとうございます！　ご一緒させてください、凜子先生！」

この「ご一緒させてください」の言葉の前に、「この先どこまでも」と、聞こえてしまった一凜子教授だった。

＊　＊　＊

河原町三条まで車を走らせ、いかにも京都らしい町屋が並ぶ通りの老舗和食屋さんの前で、にぬきと凜子さん、そして富士宮さんが、年季物の四角い鎌倉彫のテーブルを囲んでいる。

店の入り口扉の上に、五本に束ねられた粽（ちまき）が揺れている。あの端午の節句に食べるちまきと似てはいるが、こちらの粽は中にお餅は入っていない。笹の葉で作られた疫病災難除けの御守りだ。毎年七月の祇園祭の時、八坂神社などで頒布され、多くの京都人が一年間玄関先に飾っている。この和食屋さんの粽は熨斗でくるまれ、御幣の飾りがついて梅や桜の花飾りもプラスされ、普通の粽の御守りよりかなり気合が入っていた。

「うわ、これ、おいしい……お米が……お米が……別モノ……ですね……」

痩せ細って頬もこけている富士宮さんが、真っ白いピッカピカのご飯を口に運ぶと、絶句していた。

「ここのお米は、『おくどさん』で炊くから、もうお米がお米じゃなくなっちゃうみたいやろ。一粒一粒の味が染み出てきて……とくにここのお店のは、いつ食べてもびっくりするほどおいしいねん」

「あの……凜子先生……おくどさんって……？」

「あ、おくどさんっていうのは、かまどのことなんよ。昔のシステムキッチンみたいなもんかなぁ。この店、歴史あるやん？　奥にそれはもう立派な明治時代から伝わるおくどさんがあるねん。ここでお米を食べたらおかずも進んで、食べすぎるからほんま気をつけて」

「いやいやもう、凜子さんったら、そんな嬉しいこと〜〜。うちのおばんざい、たらふく食べてってや」

　店の暖簾(のれん)を手で開けて出てきたのは、この店の女将(おかみ)さんだ。粋な着物をシャンと着ている。

「女将さん、おおきに。こんな細い路地に、いつもにぬきのために外にテーブル作ってくれて、ほんまありがとうね。わたし、どうしてもこちらの彼女に女将さんとこのお米を食べてもらいたくて、連れてきてもぉたわ。このピカピカご飯と京野菜のおばんざいを食べたら、体中の血が一気に浄化されるんやもんね」

　凜子さんは、馴染みの女将さんに言った。

「凜子さんには私たち、どれほどお世話になってるか。テーブルなんて、あたりまえやん。ねえ、にぬにぬ？　にぬにぬもゆっくりしていきや？」

　にぬきはここでは、『にぬにぬ』と呼ばれていた。女将さんはとっておきのドッグフードをテーブルの端に置いた。ワンちゃん用高級ジャーキーだ。いつにぬきが来てもいいようにキープしてくれているようだ。

　富士宮さんは、女将さんがどのように凜子さんのお世話になったかは知らない。ただ、ここのおくどさんで炊いたお米が甘くてふっくらもっちりして、ただただおいしくて、漬物も海苔(のり)も佃煮(つくだに)もいくらあっても足りない、ということだけは確かだった。

「凜子さん、あれはもう四年前ぐらい前になるんかな？　にぬにぬがうちの店の前で吠えて吠えて、どうしようもないほど吠えたんよね。そしたら凜子さんが店に入ってきはって、おくどさんの神様が弱ってるからって。あの時、悪いモン退治してもらった御縁やもんね？」

富士宮さんは、この女将さんの話に大きく反応した。

「もしかして……お祓い……ですか？」

声をひそめて女将さんに聞く。

「せやね、お祓いね。っていうか……私も悪いねん……あの頃は、とにかく人手不足で、板前の主人は車で怪我して入院中、私は腰を悪くして、娘は妊娠中やったし。ついつい おくどさんの掃除とか、タタキを磨くとか、土間をきれいにしておくとか、そういう基本的なことをおろそかにした上に、代々百年以上お護りしてきた愛宕神社さんの『火迺要慎』さんと、荒神棚の『三宝荒神』さんのお札を納めに行くの忘れてたんよ。そしたら、ヘンなのに住みつかれてしもうたらしくて、かまどを護ってくれてた神様が居心地悪なったとかで、どこかに行ってしまわはって。そしたらもう、うちの店の評判はどんどん落ちて、明治時代から続いたこの店も終わりやな、っていうとこまで追い込まれましてん……」

咲子さんは箸を止め、すっかり女将さんの話に聞き入ってしまう。

「そんな時、凜子さんがふらりと店に入ってきはってね……。お祓い終わりましたって言うてから、数時間後にはうちで働きたいって腕のいい板前さんが連絡くれはったりしてね、美味しいのんたくさん作れるようになったんよ。主人も予定より早く退院できたし、気がついたら私の腰も治ってたし、おかげさんで娘は無事出産終えて、何よりお米の味が戻ったんよ……。井戸の水が戻ったんやろね。それからはもう、一に掃除、二に掃除、毎日掃除には絶対手を抜いてないのん。毎年必ず社員全員で清滝から二時間かけて愛宕神社さん行って、星祭の日には宝塚の荒神さんにお参りしてますわ。もちろん、縁あってこの店で働いてくれる人たちに、感謝感謝、ただただ感謝です、ほんまに有り難いことです……」

女将さんはそう言いながら、色々なおばんざいをのせた漆のお盆を、凜子さんと富士宮さんの前に置いた。黒が基調で赤の縁取りがついた四角いお盆に、一つ一つ柄の違う円い小鉢が映える。

その時、店の中から外へと風が吹き、暖簾が大きく開いた。すると奥の台所の高いところに、火迺要慎さんと三宝荒神さんが祀られているのが見えた。いらっしゃいませ、と言わんばかりの存在感がある。

「凜子さん、これ、真ん中のんね、ちょっと早いけど、松茸入りの茶わん蒸しを作ったのよ。初もんやし食べて食べて」

チラリと覗くと、茶わん蒸しにはスライスされた大きな松茸が何枚も何枚も入っている。まるで生椎茸をいれたかのような豪快さで松茸が存在している。

「ええっ!! 女将さん、それはあかんわ……」

凜子さんは困っている。見本のランチセットには、なかったおばんざいだ。

「何言うてはんの。これは、かまどの神様からのサービスやないの?」

女将さんは小声で言うと、扉の上の粽に両手を合わせ、また暖簾の向こうへ消えていった。

「凜子先生ってあちこちで、みなさんを救ってらっしゃるんですね」

富士宮さんは、ぽつりとつぶやいた。

「ううん、わたしが救うんちゃうねん、にぬきが気がつくねん。わたし、このコは、『魔物探知犬』やと思ってるんよ。これは絶対あかんやつ! みたいな時は、とにかく吠えて吠えて吠えまくんのよ」

凜子さんは、女将さんからもらった高級ジャーキーを細かく割きながら、にぬきに食べさせていた。

「そうなんですか……にぬちゃん、ありがとうね……私、にぬちゃんに吠えてもらえなかったら、凜子先生に助けてもらえなかったのね……」

富士宮さんは、にぬきを見ながら胸がいっぱいになる。

「あのさ、富士宮さん。わたし、あなたのこと咲子さんって呼んでもいい? 咲子さんもわたしのこと、凜子さんって呼んで？」

「あ、いえ、とんでもない……先生は先生です。凜子先生と呼ばせて下さい」

「でも、咲子さんとわたし、同い年やろ？」

奇遇にも、富士宮さんは現在四十八歳。凜子さんと同い年だった。

「いえ、あの、先生は私のこと、咲子って呼び捨てて下さってオッケーです。でも私は、先生のことは永遠に先生とお呼びしたいです！　だって先生は私の命の恩人ですから！」

痩せ細り頬もこけていた富士宮さん……もとい咲子さんだが、今の彼女の頬の色は、血が通ったのかうっすら薔薇色をしている。あの土気色の顔はどこにいったのだろう。

「私、決めました！　先生がいらっしゃるこの京都で仕事を探し、この土地で生きて行こうと！」

死線を越えた富士宮さんにはもう、怖いものはない。

彼女の視線は、ただ未来だけを見つめていた。

「でも仕事って、何すんの？　咲子さん、何かできることあるん？」

凜子さんが聞いた。

「私、こう見えて簿記一級、英検一級、TOEFL（トーフル）一二〇点中一一三点、TOEIC（トーイック）九九〇点の満点、英語、フランス語、スペイン語、BTSのテテ様にいれこんで韓国語もそこそこ堪能です。エクセルもワードも使えます。わたし、住菱地所の社長秘書だったんです！」

「えっ、マジで！　あの一流企業の住菱地所？　住菱だったらドバイとかエジプトとかトルコとかにもばんばんビルを建ててるやん？　まさかの、アラビア語とかもオッケー？　楔形文字とかも読める？　ヘブライ語は？　ねぇちょっと、こんなん聞くのもアレやけど、社長秘書の時、どのくらいお給料もらってたん？」

凜子さんは前のめりになって咲子さんにたずねていた。

「そうですね……最後の方は、年収九百万くらいありました」

「ああ……九百万は絶対出されんなぁ……」

「いえあの、九百万稼いでても、みんな主人に使われてしまったので、今はもうほとんど貯金もありません」

「ええ……なんなんそれ」

「イケメン好きだったもので……貢いで貢いで貢ぎあげました」

「旦那さんて……そっか……テテ様に似てたんやな……似てるように見えてただけやけどな？　全然似てへんで」

凜子さんは、目を細めて霊眼で見ている。

「ああ、もう言わないで下さいっ」

「いや、咲子さんが先に言うたんやん……」

「そ、そうでしたね……すみません……。とにかく私、年齢いってますし、今更、高待遇の正社員は望めないでしょうし、でも、どんな仕事でもする覚悟です」

咲子さんの決意の瞳は本物だった。

「咲子さんって、二十八日生まれなん？」

凜子さんが、咲子さんの頭上を見て言う。チラリと見ては目を伏せ、またチラリと見ては目を伏せている。どうやらじっくり正視できない相手のようだ。

「え、はい……なんでわかるんですか？　十月二十八日生まれです。来月、先生と同じ、四十八になりますけど」

「やっぱり……」

「やっぱりって、どういうことですか？」

「後ろにお不動さんが、ついてはるから……二十八日って、不動明王様のご縁日なんよ」

「そうなんですか……。実は私、静岡の富士山近くで生まれて、その実家すぐ近くの山の中に不動明王様の祀られている洞窟があって、父と母とよくお参りをさせてもらいました……もう、その両親もいませんけど……」

咲子さんは小さなため息をついた。

「そっかぁ、咲子さんって、色んなもん引き連れてる割には平然としてたから、これは誰かが強力に護ってはるんやな、って思っててん。普通なかなか平然となんかしてられへんねんで。引き連れてた霊たちをみんな上にあげて、すっきりした咲子さんを今、改めて見てみたら、お不動様が後ろに立ってらっしゃるから、ああなるほどって納得したわ」

「あの炎に包まれた……怒りの形相の……不動明王様が……ですか……？」

「うん。今まで咲子さんがあまりにも霊を引き連れすぎてて、さすがのお不動様も手出しできへんかったみたい。誰かを呪うってすごい負のエネルギーなんよ。しかもあんたが好んで旦那さんのとこにいたからね。でも、必死に護ってたと思うわ。ご両親の咲子さんを守りたい想いも強いしなぁ」

凜子さんがそう言うと、咲子さんの瞳から突然、大粒の涙がボロボロこぼれだした。

「ありがたいことですね……」

「ほんまや、新しい人生の始まりやん？　これからはええことしかないと思うわ。パワーバランスやって！」

凜子さんが言うと、咲子さんが大きくうなずいた。

「そうや、咲子さん、烏丸大学の学生課で働いたらええんちゃう？　うちの大学、留学生が多いのに、ちゃんと対応できる人、見たことないんよ。あんた語学も堪能だし、パソコンもできるし真面目そうやし、我慢強いし適任ちゃうかな。でさ、時々わたしの助手もしてもらえたらめっちゃ助かる。多分、住菱地所の半分も払えないと思うけど……たまに美味しいもんと、モフモフつき！　どう？」

「充分です！　なんでもします！　先生のお力になれるよう頑張ります！」

「ううん、頑張らんでええよ。だってもうずっと、嫌ってほど、頑張ってきたやんか。これからは、気楽に楽しく自由に生きよ？　この京都での日々を、是非満喫してもらいたいわ」

友達の少ない、しかも人馴(ひとな)れしない凜子さんが、ここまで誰かを自分の傍(そば)に置こうとしたのは、後にも先にもこれが初めてのことだった。

お得な物件、事故物件

昼食後、凜子さんは愛車ミニのコンバーチブルを御所近くの裏通りに駐車すると、軒が黒瓦になっている京風の古い木造の店へと入っていく。木造りの看板には消えかかった文字でかろうじて岩倉（いわくら）不動産と書いてある。

ガラガラとすり硝子（ガラス）の引き戸をスライドさせると、いきなり大音量のハワイアンが流れてきた。波の音が寄せたり引いたり……しかし、そこはたたみ一畳くらいの土間だ。ハワイじゃないしビーチもない。一台の扇風機だけがフル稼働している。

「あれえ、凜子さんか？　おおきに。お友達？　どうしはりました？　いつぶりでっしゃろ？」

店内では、七十歳過ぎの旦那さんが、土間より五十センチほど上がった四畳半の部屋でゴロリと横になりながら、翔岳館（しょうがくかん）ナイト・ハンター・ノベルスのミリオンセラー小説『新宿魔法陣妖獣伝』の新刊をくいいるように読んでいた。表紙では、お色気たっぷりナイスバディの女性が銃を構えている。

赤いロイド眼鏡。同じく赤のキャプテンサンタのTシャツ。青地にアロハ風の黄色とピンクのハイビスカス柄のステテコ。首回りには、肩の凝りそうな二十四金喜平ネックレスをつけている。季節感、京都感ゼロ。唯一フサフサの白髪にだけ、昔はかなりモテたような雰囲気が残っている。

旦那さんは起き上がると、ようやくCDラジカセのハワイアンをオフにした。

「ご無沙汰してます、岩倉さん。お変わりありませんか？　御所南付近で、手ごろなマンション借りたいなぁ思って」

凛子さんが言った。

「借りたいって、あんなええマンション買わはったのに？　あれ、気に入ってまへんのか？」

「ああ、わたしじゃなくて、実はこちらの彼女が京都に住みたいっていうから、わたしのマンションの近くに、なんかええ賃貸物件、探してもらおと思って」

凛子さんは自分の後ろに立っている、居心地の悪そうな顔の咲子さんを紹介した。

その咲子さんは、強制的ににぬきを抱かされている。店が小さくてバギーが入れられないからだ。

「凛子さんの言う『ええ賃貸物件』っていうのは、やっぱりアレでしょう？」

「もちろんあれアレ。『こ〜んなに立派で、こ〜んなに駅近で、こ〜んなに便利やのに、借りる人がすぐ出ていかはる』アレ、ね？」

凜子さんは言いながら、笑いをこらえている。一方、咲子さんは、隙あらば店に上がり込みたいにぬきを抱いているのに苦労している。

「あ、あの……すみません、凜子先生、ここって御所の近くでしょう？　私こんな一等地に住めるほど貯金は使えないので、最初は京都の町はずれのアパートみたいなところでいいんですけど……」

今、にぬきは咲子さんの肩にのぼろうとしている。咲子さんの背は高い。あるじである凜子さんより高い位置にいくのが嬉しいようだ。

「何言うてんの、咲子さん。東京では渋谷の松濤の新築マンションにずっと住んでいたんちゃうの？　松濤っていうのは、京都で言うところの、御所南なんよ。ランク落とすのはあかん。これから上っていくためにも、住む場所はめっちゃ大事なんよ。住む場所が人を作るんやって、うちのお祖父ちゃまが言うてはったわ」

凜子さんは力説する。

「でも凜子先生、今の私にはこんな贅沢な場所、分不相応です。ホント、郊外のちょっと小ぎれいな小さなアパートでいいんです。私、そこから這い上がっていきます。やり直すんです、人生を」

咲子さんの目がまた潤んでいた。

「だから咲子さん、泣かんでええんよ。泣くと魔物につけいられるねんから。魔物は人の不幸が大好物やねん。思い切り泣くのは、嬉し泣きの時だけにしときよし」

凜子さんが真剣な顔で言った。

「えっ、そ、そうなんですかっ⁉」

咲子さんは無理やり口角を上げ、急遽、死んだ目で笑顔を作った。

「そうそう、なんか無理あるけどそれでもええわ。その笑顔をキープして？　というわけで岩倉さん、彼女にいい部屋を見繕って。うちのマンションに近くて、できれば駐車場があって、あ、咲子さん運転するやんね？」

「はい、運転してました……銀座のクラブとか六本木のバーで泥酔した主人を迎えにいかないといけませんでしたから。すっごく大きい……オリーヴ色の……ランドローバー社のレンジローバーという車種で……レンちゃん大好きだったのに……置いてきちゃいました……私が買ったのに……もしかしてもう売られちゃってるかも……」

咲子さんは涙声だ。にぬきが一緒になって、クーンクーンと鳴いている。

「だから、あんたはん、泣いたらあかんて。凜子さんも言うてはったでしょ？　いつも無理してでも笑顔、笑顔。もっと強くならなあきまへん。せっかく東京から来はったんやし」

不動産屋さんの岩倉さんにも言われてしまう。

「せやなぁ、訳あり……。あ、こないだ出てきたええ部屋が一つありますわ。一昨年(おととし)建ったばかりの五階建てデザイナーズ・マンションの五階。ワンフロア一所帯しかないし、プライバシー重視。一二五平米、3LDK。ベランダも広かったわ。前は、ひと月六十万円で貸してたけど、今は十万円。その十万円でも二か月経(た)たずに出てってしまうっていう……。多分まだ空いとったと思うんやわ。凜子さんのお友達ということなら、出血大サービスで月八万円にしときますわ」

あまりのお得な条件に、咲子さんの顔は曇る。

「あの……お安いのはありがたいんですが……それってどういうことなんでしょう。そんな破格なお家賃って……」

咲子さんは声をひそめる。

「まぁ、ざっくり言うと……最初に入ったカップルが刃傷沙汰(にんじょうざた)になって、女性の方が亡くなったやつですね……すごいニュースになってたから、京都中知ってるやつですわ。いわゆる事故物件や。一応こちらも知らせる義務ありますし。それでも私は大丈夫、家賃安いから気にしないって、借りにくる人がおらはるけど、やっぱり一か月で出ていってしまいよる。今やネットに書き込まれて商売上がったりやんか」

「あああ……じゃあダメです。私、生まれ変わったところなのに、それじゃまた元(もと)の木阿弥(もくあみ)です」

「あんたさん、何言うてはりますのん。凜子さんがおらはるやんか。凜子さんの今住んでるマンションなんて、もっとひどい事故物件やったんや。それを凜子さんが……格安で買うてくれて『きれい』にしてくれたんや……。おかげさまであそこのすべての住人、今、つつがなく暮らしてはるわ。だから、あんたさんも心配しんと、凜子さんにまかせたらええやない」

にぬきは今、じっと動かず、ご主人のお茶うけの千枚漬けを見ている。酸っぱい匂いが気になるらしい。

「でも……八万円って……ご主人、それじゃあ商売にならないでしょう？」

咲子さんは奥ゆかしいので、お得過ぎる申し出をすんなり受けることに抵抗がある。

「ええって。いつまでも誰も住まない部屋があるマンションなんて、他の部屋まで評判が悪なってしまうさかい、あんたさんに入ってもろたら、こっちは万々歳や」

凜子さんがお勧めの不動産屋さんなら、大丈夫だとは思うが、今まであまりにも人に騙されすぎて、咲子さんは、うまい話にはなかなか乗れない。

「ほんなら、凜子さんに鍵を渡すし、一度、この部屋を見てきはったらええわ？　それから決めはったら？」

ご主人は座ったまま、壁にずらりと並ぶ重厚感のある桐（きり）の飾り棚に手を伸ばすと、その引き出しから一本の鍵と部屋の間取り図の描かれた紙を引き抜いて、畳の上に置

いた。するとその間取り図を見ただけで、にぬきは、

「ヴゥ〜〜、ワンッ！」

と吠えだした。咲子さんの手に負えないくらい暴れている。

「にぬき！　今から『お掃除』に行くねんから、こんなとこで吠えへんの！　岩倉さんも咲子さんも困ってるやんか！」

凜子さんが一喝すると、にぬきはようやくおとなしくなる。

間取りを見ただけで吠えだす『魔物探知犬』にぬき。

咲子さんは不安しかなかったが、新たなる人生は今始まったばかり。

東京での暮らしの方が、よっぽど魑魅魍魎（ちみもうりょう）と戦っていた毎日だったことを考えると、実はもう本当は怖いものなんてないような気がする。一番怖いのは生きた人間だ。

「岩倉さん、この部屋、月八万円でよろしくお願いします！　大切に住みます！」

咲子さんは、いきなり契約を宣言した。生き直すために、ぐずぐずしている時間はなかった。

スーパー助っ人誕生

烏丸大学の構内の北の高台が、凜子さんのお気に入りの場所だった。

春は梅桃桜と順繰りに咲き、夏は大きな楠木が日陰を作り涼しく、小鳥のさえずりは、耳に心地よく、秋はイチョウ（たまに銀杏を拾ったり）、冬は冬で樹木が葉を落とした冬枯れで街への見通しがよくなったり、と趣き深く、しかし学生たちがこの高台にガヤガヤ集まってくることはなかった。

高台の隅っこに、モスグリーンのベンチがぽつんと一つ、四条烏丸の街を向いて設置されている。退任した教授が、外国の真似をして、寄贈してくれたものだそうだ。そこは普段、凜子さんの特等席になっている。と思ったら、今日は先客が座っていた。

凜子さんには、その背中しか見えない。割と大柄な男性だ。

ベンチの背もたれに、立派な鳩杖がかけてある。いかにも高級そうなツヤのある紫檀の杖は、京都学術振興倶楽部の名誉会員に米寿のお祝いとして下賜されるものだ。アガサ・クリスティの描く探偵ポアロが持っている杖とよく似ている。それを見たと

たんピンときた凜子さんは、馴染みの後ろ姿に近づくと、

「な～んだ、やっぱり、敦さんかあ」

　と、親し気に声をかけた。

「凜子さん、なんだとちゃいますやん？　今日は私、あなたに会いにきたんやで」

　老紳士は、夏モノのスーツをきちんと着ている。白いワイシャツに蝶ネクタイ。汗ひとつかいてない。年齢は八十をとうに過ぎている。身なりがきちんとしているところもやっぱりポアロだ。白髪まじりの頭はオールバック。素敵なパナマ帽がベンチに置いてある。

「敦さん、こんな小高い場所まで、よぉ登ってきはったね。足腰しっかりしてるやないですか。あ、それより富士宮咲子さんのこと、ありがとう。彼女は今、学生課でバリバリ働いてるから。ああいうきっちりした仕事が絶対むいてたんよ。手ぇぬかへんもん。わたしもずいぶん助けてもろてるわ」

　咲子さんが烏丸大学に勤めだしてから、もう二週間が経つ。

　凜子さんは改めて老紳士にお礼を言った。どうやら凜子さんは、この彼に咲子さんの就職をお願いしたようだ。

「ほんま、お礼を言うのはこっちの方ですわ。彼女、東京で社長秘書さんを長いこと務めはったっていうから、そりゃ絶対お買い得だと思って、うちの大学に来てもらい

ましたけど、なんとよぉできはること。留学生からも評判よろしいねん。あ、そうそう、こないだなんてロンドンの大学と姉妹校提携結んでくれはりましてな。有り得まへんやろ？　これでうちの大学益々人気上昇させて貰いますわ。さすが凜子さんが連れてくる人は、超一流ですわ。彼女の年俸も頑張らしてもらいますし、心配せぇへんように言うといてください」

「うわ、そうしてもろたら、嬉しいわぁ。彼女、いきなり京都に住みだして大丈夫かなあって、心配やったんよ」

凜子さんは、ほっとした顔になる。

「咲子さんもせやけど、わたしも敦さんに拾ってもらったしなぁ……。敦さんに逢えてなかったら、わたしもこうして大学で教えることもなかったやろし。ホンマ、今どこでどないしてたんやろ。敦さんには未だに足を向けて寝られへんわ」

「そんな、こちらこそですわ。もうかれこれ三十年くらい前やったかいな、二条駅でフラフラになってベンチに座っていた私を、凜子さんが介抱してくれはって……。当時、まだ五十代やったのにとにかく体調が悪うて、お医者さんは心臓が弱ってるって言わはったけど、私はそういうのとちゃうんやけど、と思うてた時でしたな」

老紳士は、隣に座った凜子さんに言った。

「そうやった……烏丸大学の学長の座を奪おうと、お姉さんのお婿さんが毎夜毎夜、貴船神社さんに丑の刻参りして、藁人形で敦さんを呪ってたんやったなぁ。ほんま恐ろしいよなぁ。貴船の神様も迷惑な話やったやつやわ。そんなことに利用されはって」

凜子さんはその頃を思い出して、やるせない表情になった。

「凜子さんがそれに気づいてくれはって、藁人形に五寸釘を打っている現場を探し出して、一緒にお祓いしてくれはったんやもんね。お陰様で、あれから私も元気で、もうすぐ八十五歳になりますわ。義兄はあれからパタッと元気がなくなってしもうたし、姉とも離婚して、今どこでどうしているのか消息不明ですわ」

「藁人形は絶対あかんやつ……相手も呪えるけど、自分にも必ず返ってくるし……人を呪わば穴二つって言うやんね。いいことなんて、何にもないんやから……」

凜子さんはポツリと応えた。

「でももう私も、そろそろ引退しようと思うてます。少しゆっくりしたいなぁ思ってまして。これからは力になりたくても、なってあげられへんかもしれませんけど、いつだって応援してますから。凜子さんが、うちの大学に来てくれてから、ほんまによぉなりましたからね……。もはや同志社、立命館に並ぶ京都の名門校の仲間入りですわ」

「敦さん……いいえ、五所川原学長、学長がおらはらへんようになっても、わたしがここを護っていくから心配せんといて。でも……学長、まだまだめっちゃ元気やし、ホントは辞めんといて欲しいですけどね……」

学長はこの大学で唯一、凜子さんを理解してくれる人だった。

「でもまあ、引き際は綺麗にしておかなあきませんしね……。あ、それと学長って言わんといて。私と凜子さんは出逢った時からお友達ですやろ。これからも凜子さんと敦さんの関係でおりましょ？　私のことを敦さんと呼んでくれる人はもうそんなにおらんしね」

五所川原学長は目を細めて凜子さんを見ると、それからゆっくり街へ視線を移した。

もうすぐ十月。どこからか、金木犀(きんもくせい)の甘い香りが漂ってきた。

＊　＊　＊

コンコンコン、と誰かが一教授の研究室の扉をノックする。

「開いてるで〜、どうぞ〜」

窓際の席に座る凜子さんが応えた。

「お邪魔しま〜す。あの、凜子先生、先日おっしゃってたヘブライ語の資料、訳してみました〜」

研究室にやってきたのは、富士宮咲子さんだ。

髪はお洒落なショートカットにして、全体を淡い茶色に染めている。

両耳のピアスは乳白色の大きめのオパール。十月生まれの咲子さんの誕生石だ。

マックスマーラの水色のストレッチパンツとジャケットが似合っている。鴨川のほとりでしょぼくれていたあの面影はもうどこにもない。十歳は若返って見える。脚が長いのでモデルさんみたいだ。

「ええっ、もう訳してくれはったん!? ありがと〜〜っ! 忙しいのにごめんね〜〜。助かる〜」

凜子さんは椅子から立ち上がり、咲子さんから資料を受け取ると、喜びのあまりその茶封筒に頰ずりしている。

「凜子先生、ヘブライ語って日本語のカタカナとすごく似てますよね? ヘブライ語のKはカタカナのコ、Nはノ、tsを表す文字を上下ひっくり返すとス、shはシ。それで日本語の帝は『ミカドル』ですって! 『高貴な人』って意味なんでしょう? しかも侍と似た発音の『シャムライ』は、守る人っていう意味だそうです! その上、測るはハカルで、火傷(やけど)はヤケドです。これって、ありえなくないですか?」

「咲子さん……熱心やな……わたしより掘り下げて研究してはるわ……」

「いえ、そうじゃないんですけど、相撲の『はっけよい のこったのこった』はヘブライ語の『ハッケ』に『投げつけよ』という意味があって、『ヨイ』には『やっつけよ』、『のこったのこった』には『投げたぞ、やったぞ』という意味があるそうで。これ、まんま日本語じゃないですか。ちょっと笑っちゃいました」

咲子さんは、頼まれた面倒臭い仕事にも燃えてしまう。根っからの働き者だ。

「相撲がシルクロードに沿ってイスラエルから日本に渡ってきたのは、間違いないと思うんよ。相撲だけでなく色んなもんがイスラエルがルーツになって日本に到達したのんが、よくわかる例やわ」

凜子さんはうっとりしながら壁の世界地図を指さした。

「ほら見て。イスラエルの北にあるトルコの相撲は、ヤールギュレシっていうんよ。ウズベキスタンはクラッシュ。アフガニスタンはコシティ。インドはクラッシュ。モンゴルは有名なモンゴル相撲ね？　韓国にもシルムというのがあんねん……音的にシュとかシの音が多いやんね？　これ絶対つながっとぉわ……」

凜子さんは目をつぶってうなずいている。しかし、しばらくするとまた椅子に戻ってしまう。

「凜子先生、何か私でお役にたつようでしたら、なんでもおしゃって下さいね」

気のいい咲子さんは、西日の差す研究室をぐるりと見渡した。

小さなキッチンカウンターには、いくつかの空のカップ麺の容器。そこに割り箸はささったまま。飲みさしであろうペットボトルはざっと数本。グラスに入ったトマトジュースは上の方が白く泡立って発酵している。最高級マイセンの三つ花のティーカップには干からびたティーバッグがつっこまれたまま。しかも、その深めの受け皿は縁が欠けていた！　高級チョコの箱は開けっ放し。冷蔵庫に入れないから、チョコ一個一個にうっすら脂が浮かんでいる。スナック菓子も何種類か封が開けっ放しで放置されている。そこからチーズやガーリックの臭いもする。

一昨日見た時には見事に咲いていた薔薇の花は、すべてドライフラワーになっていた。誰でも絶対に失敗なく育てられるはずの『幸福の木』と呼ばれる観葉植物の葉っぱは、先の方からじりじり枯れて黄ばんでいる。その様子に、咲子さんはつい眉間にシワを寄せてしまう。

「あのさ、咲子さん。わたしのそばに植物を置くと、みんな命が短くなんねん。それって、わたしが手入れしないとかとはちゃうんやで……」

心を読まれた咲子さんは一瞬固まる。

「あ、いえ、私、別にそういうの……ゼンゼン平気ですけど……あ、あの、もしアレでしたら私、凜子先生の研究室の植物の手入れもさせていただけたら……。私、こう見えて、緑の指を持つ女って言われてました」

緑の指を持つとは、欧米では植物を育てるのがうまい人という意味がある。

「ううん、ちゃうねん、咲子さん。花や観葉植物は優しいねん。無償の愛を提供してくれんねん。わたしが大学のあっちこっちでヘンな霊やら念やらを、ピッピッと滅して……じゃなくて……消して……じゃなくて、この大学から別のところに移動させる度、かなりエネルギーを消耗するやんか。そしたら植物たちはけなげやから、わたしを助けようと自分の生命パワーをくれんねん、ほんであっという間に枯れてしまうんやわ……」

そう言いながら凜子さんは、先が枯れて黄ばんでダラーンと垂れさがっている『幸福の木』の葉っぱをなでなでしている。

観葉植物の鉢の近くに、ふんわり埃が舞っている。机の上はとにかくごっちゃごちゃ。ずっと前から同じ場所に放置されているコンビニのカレーパンの賞味期限切れが悲しい。

確か、例のおくどさんでご飯を炊くお食事処の女将は、一に掃除、二に掃除が大切と言っていたが、それを教えたはずの凜子さんの研究室は、その信条から遠くかけはなれていた。

「わかってんねん、わたし……人にはさんざん掃除は大切とか言ってるけど、全然でけへんねん、掃除……」

凜子さんはまた咲子さんの心を読み、苦笑いだ。

こうなると咲子さんも苦笑いするしかない。

窓際の見慣れたバギーの中で丸まったにぬきが爆睡していた。にぬきはどこに行くのも凜子さんと一緒だ。

「ああ……もうあかんわ……」

凜子さんが、目を閉じたままつぶやいていた。

「電池切れや……」

「凜子先生、今日は授業が三つも連続してたから、お疲れですよね……」

そう言って、咲子さんは静かに研究室を後にしようとすると、

「上村佃煮店の串カツが食べたい……あそこの牛串はええのよ。ああ、でももうあかんわ……五時やもん……こんな時間は絶対売り切れてる……あそこは四時までに行かないと無理やもんな……」

凜子さんは、机に顔をつっぷしたまましゃべっている。

「あの……佃煮店なのに串カツなんですか？」

「せやねん……河原町下がったところにある串カツ屋さんでさ。元は佃煮店やったんやけど、女将さんが商才ある人で、揚げもんとかおばんざいを作るようになってさ、そっちの方が今はもう大人気。わたし、疲れ果てた時はごはん食べに行く元気もないから、上村さんのところで串カツ買うて帰んねん。そしたらみるみる元気になんねん。

あそこの牛はホンマもんやねん。それプラス揚げ油がええんやわ。何本食べても胸やけせぇへんもん」

いとまごいのはずの咲子さんは、廊下に立ちながら、胸ポケットからスマホを取り出し、操作している。

「あのう、富士宮と申しますが、今日の分の牛串、まだ残ってますでしょうか？」

咲子さんは、すぐにその店を調べて電話していた。

「ああ……やっぱり……そうですか……残念……困ったなあ……うちの凜子先生が、そちらの牛串が大好きで……」

『えっ？　何？　凜子さんっ？　ほんま神様に願いが通じたみたいやわ！　あんた今からすぐにおいでよし！　牛串やったら何本でも揚げたげるさかいに！』

切羽詰まった声が、咲子さんの耳に響いてきた。

「咲子さん、何やの？　上村佃煮店さんに電話したん？」

「あの、何本でも揚げてくれるみたいです！」

「ええっ！　あんたは天使かいな。いや、お不動さんか？　まぁどっちでもええわ、ありがと。行こいこ？　咲子さんも、お仕事もう上がってええんよね？」

「ええ、終わりました！　おいしい串カツ、楽しみです！」

二人と一匹は校舎を出ると、すぐミニに飛び乗った。

河原町を下がったところにある上村佃煮店前は、路地裏にもかかわらず今日も大勢の客で賑わっていた。この『下がる』とは、京都では南へ行くことを表す。北は『上がる』という。京都人はなぜか誰もが市内の東西南北を熟知している。『西入る』は西に行くこと。『東入る』は東に行くこと。しかし京都外から来た人間にとって、彼らはいったい何を目印に東西南北の向きを即答できるのか、ただただ謎だ。

＊＊＊

凜子さんと咲子さんが、とりあえず順番待ちをして店の前で並んでいると、

「凜子さん、よぉ来てくれはったわ。忙しいのに堪忍ね、おおきに。とりあえずこっちこっち！　入って入って！」

女将が店の外に出てきて、凜子さんの腕を引っ張って、厨房へと連れて行く。

くるくるくせっ毛の黒髪はコントの雷さんのイメージに重なる。ご商売は大繁盛のはずなので、実はすごいセレブだと思うが、着ている服は無名ブランドのスウェットの上下。色はえんじ。その上に割烹着を着ている。恐らく着飾る時間がないほど忙しいのだろう。

「女将さん、どうしたん？　もしかしてまた、あれが出たんかいな？」

「あれはもう出てへんわ。ちゃうんやけど……もうどうしたもんか、わからんよって。うちはもうアカンかもしれへん思って……」

この会話を聞いた咲子さんは、すぐにピンとくる。

またお掃除だ。霊上、凜子さん曰く、お掃除のご依頼だ。

例の御所南にある築浅のデザイナーズマンション最上階――いわゆるペントハウスを八万円で借りた咲子さんだが、そこは悪名高いスーパー事故物件だった。

部屋に入るやいなや、咲子さんは変な臭いと陰鬱な雰囲気を感じとり、どんよりした気分になったが、凜子さんに言われるまま、最高級純米大吟醸と法外な値段のする伽羅の原木、にがり成分が含まれている無添加天日干しの塩などを揃えた。

凜子さんは部屋のあらゆるところに盛り塩をし、同じくお酒もふるまい、マンションの中心に灰の入った香炉を置いた。そこへ火をつけた小さな炭を置く。

五分ほどして灰が温まったら、炭から離したところに伽羅の香木の刻んだものを散らした。

すると今まで嗅いだことのないような高貴な伽羅の香りが、ふわふわとすべての部屋にゆきわたっていく。

なにかもうそれだけで、陰鬱な感じがかなり消えていた。お店でお会計をする時には法外な値段だと思ったが、その香りをかぐとようやく金額通りの効力に納得する。

でも、それだけでは終わらなかった。凜子さんは部屋のあちこちに座り込んで、そこで聞いたこともないような声で何種類ものお経を繰り返し唱えてみる。時折、左の人差し指でなにやら空に円い絵を描いたかと思うと、両手を前に押し出すような動作をしている。ゲホゲホと咳き込んでみたり、目には見えないが全力で何かしらを生み出している様子もうかがえた。

ひとところに二十分は座って苦しんでいるように見えたかと思えば、何度も深く頷き何者かと話をしているようにも見えた。顔を真っ赤に染めたり、額から汗が次々吹き出してくる、そんな場面も何度かあった。結局、全てのお掃除に五時間くらいかかっていただろうか。

そのあと凜子さんは、

「オッケ～！　完了～！　咲子さん、あんた、もう今夜からここで生活できるしね！」

と明るく言うと、フロアに倒れ込んで動かなくなってしまった。

咲子さんが慌てて救急車を呼ぼうとすると、

「大丈夫やし、ちょっと待って。疲れただけ～～。お腹も空いたし。三十分だけ休ませてくれる？　あっ、バッグの中からおにぎり取って欲しい」

そう言って凜子さんはフローリングの上に横たわり、荒い息遣いを整えていた。

にぬきはすぐに凜子さんの背中にまわり、ぴったりとくっつくと伏せの姿勢をとった。まるでにぬきが凜子さんにパワーチャージをしているようだ。

咲子さんは言われた通りにバッグからコンビニの焼きハラスのおにぎりを取り出して渡すと、凜子さんはすぐにそれを食べた。まるで点滴だ。『ドクターX』でいうところの大門未知子先生が外科手術後に飲む多量のガムシロップだ。そして安静を保つこと約三十分……。

「咲子さん……この部屋、久しぶりにしんどい仕事やったわ……。これはどんなに鈍感な人でも、二か月はもたへんかったな……」

凜子さんは言いながら、すっと立ち上がる。詳しいことは話してくれなかった。話すときっと、これからここに住む咲子さんが困るだろうと思ったのだろう。

「凜子先生……最初に入った時と今……ずいぶん感じが違いますね。空気が軽いです……部屋のライトも一段階、明るくなったような」

あちこち見回しながら、咲子さんは言った。

「そうなんよ……。それがわかる咲子さんは、かなりのもんやと思うわ。鴨川であんたが引き連れてた女性たちに、みたらし団子をお供えしてあげて、それを後でわたしたちが食べた時、めっちゃ不味くなってたのがわかったやろ？　鈍い人は、その味の変化もわからへんねん。逆に、神様からの御下がりのお酒を飲むと味が一ランク上がってたりするのも、鈍い人にはわからへんねんな……。あのおくどさんのお米のおいしさに絶句してたのを見ても、咲子さんの舌はかなりのもんやと思うわ。霊障を受けてても肉体的には鈍感なところ、それはそれで咲子さんらしいわ。ご両親に感謝やな……」

そう言われて咲子さんの心はますます晴れやかになった。自分も何か、凜子さんの力になれるものなら、なりたいと思ったからだ。

上村佃煮店の女将さんは割烹着を脱ぐと、凜子さんたちを連れ、厨房から裏口に出て路地を歩いていった。割烹着の下のスウェットが露になると、そこにはどかーんと大きなＵＣＬＡの四文字が胸に――カリフォルニア大学ロサンゼルス校のことだ。その四文字の下には円い大きなロゴ。大学の正式名称と、一冊の本、そして『光あれ』と英語で書かれている。意外過ぎるそのチョイスに、凜子さんと咲子さんは一瞬、押し黙ってしまう。

やがて、穏やかな水流の用水路を渡ったところのモダンな建物の前に着く。

上村ビル。

「ここ、三か月前にうちが建てたホテルなんです。一階がカフェ、二階がステーキハウス。三階、四階、五階がホテルなんよ。『ヴィラージュ・ホテル』っていうの。地下はギャラリーになっていて、パーティーとか展示会ができるんよ。ここの経営はすべて息子夫婦に任せてあるんやけどね……」

「あ、ここのステーキハウス、食べログでめっちゃ評価高いやないですか！　本物の薪でお肉を焼いてくれるって、これは一回行っとかなって思ってたんよ。今なら赤ワイン一杯プレゼントって書いてあったわ！　女将さんとこのホテルやったんやね」

この小さな体で凜子さんはお肉が大好きだ。夕飯に肉類は欠かせないらしい。

「で、女将さん、このビルがどうかしたん？　すっごいお洒落なビルやけど」

凜子さんは、真面目な顔に戻っていた。

夕暮れがどんどん近づいている。凜子さんは、上の階をちらりと見た。

「あのね、ここオープンした時には、京都中のお花がうちに集まったんちゃうかと思うほどの御祝のお花で埋め尽くされて、大勢の方に来てもおて連日大盛況やったんよ。カフェもステーキハウスも評判よくてね。ホテルも予約がとれんかったのよ」

「ああ……ホテルに問題やね？　特に最上階の五階……かな？」

「えぇっ!!　なんでわかんの凜子さん！」

「え？　だって……なんか……明らかにくら～い雲がもやもやかかってるから……みんな、見えへん？」

凜子さんが言うと、女将さんも咲子さんも、いやいやいやと首を激しく横に振った。

「じゃあ中、見せてもらいましょか？」

と言いながら、凜子さんは気が重かった。もう熱々の串カツを食べる気は失せていた。それにこれは神様からの人助けの指令ではなさそうだ。指令だったらもうとっくになんらかのお達しを感じていたはずだ。これはスルーしてもいい案件だ。

けれど、このままにしておいたら、たぶん上村さんのこのビルでの事業はすべてダメになってしまう。それだけではない。ゆくゆくは大好きな上村佃煮店の串カツにも影響が出始める。ここの牛串に影響が出るのは耐えられない。

「凜子さん、まずは地下から見てくれる？　地下もかなり問題あると思うんよ」

そう言って女将さんはビルに入り、すぐ脇にあるエレベーターのボタンを押す。凜子さんたちが先に乗り込むと、

「ヴゥ〜〜、ワンッ！」

にぬきがすぐに、あのおきまりの声で吠え始めた。

魔物探知犬、発動か……。

「にぬちゃん、すごいなぁ、何か感じてるの？」

にぬきを抱きかかえている咲子さんが言うと、わかってもらえたことに大満足なのか、にぬきは舌を出してニコニコしているように見える。

エレベーターの扉が開くと、地下一階は広いイベントスペースになっていた。壁は美しい木目調で、フロア一面に大理石が敷かれている。

壁面の所々に鏡を使っていて、それが部屋を広々と見せている。

デザイナーのこだわりとやらでライティングも美しく、暖かな太陽光を思わせる光が地下に彩を加えていた。

にぬきを大理石のフロアにおろすと、とりあえず放たれた喜びからか、他の目的があったからか、部屋を大きく一周してから部屋の中心でぐるぐる回り、また吠えだした。

「にぬちゃん、どうしたの？　そのあたりが何か問題なの？」

咲子さんは、凜子さんがいつも言うような真似をしてきいた。

「あの……女将さん、このフロアに観葉植物とか、入れたことある？」

凜子さんがたずねる。眉間にしわを寄せている。

「はいはい、入れてますよ。地下やし殺風景になりがちやから、緑でカバーしよう思うて、お花屋さんに頼んで大きな鉢をあっちこっちに入れてもらってたんよ、でも……」

「すぐ枯れた、やんね？」

「そやの……三日保たへんのよ……地下やから冷えるんかなとも思ったけど、上のホテルの部屋に置いた観葉植物も、すぐあかんようになるから……」

「あと……あっちに立派なワインセラーがあるけど……中にワイン、一本も入ってへんよね……？」

凜子さんは、壁際の大きなセラーを指さした。

「ワイン、たくさん入れてたんやけどね……ヴィンテージもののええワインとか……シャンパンもぎょうさんあったんよ……」

女将さんは情けなさそうに言った。

「味、全部変わってしもたんでしょ？」

「そうなんよ！　希少価値のヴィンテージもあったのに、お酢のような味になってしもうて、それだけで何百万もの大損しましたわ。お料理にも使えんほど味変わって」

女将はぐったりした顔になる。

「凜子さん、もうはっきり言って私、今ここにいるだけで、かなり気分が悪いんよ。息子もそうらしいわ。でも、お嫁さんはにぶいんだか強いんだか、全然平気らしくて、彼女にここ任せてんねん……」

「そうなんやね……じゃあ次、一番上を見せてもらいますね？」

凜子さんが言うと、女将がエレベーターホールへと向かって行く。

そしてまた、三人と一匹はエレベーターに乗り込み、最上階の五階へと向かう。

エレベーターの中は接触が悪いのか、ライトが時折、チカチカついたり消えたりする。ビルができてまだ三か月しか経ってないのに……。

凜子さんは、そのライトをじっと睨(にら)んだ。

そして最上階の五階に到着し、扉が開くとそこはもう、いきなりホテルの一室だった。ワンフロアに一部屋だけの贅沢な造りのスイートルームになっている。

にぬきはもう吠えなかった。それどころか咲子さんに抱っこされたまま、ぬいぐるみのように一切動かず、下におりようともしない。ただもう固まって、異常事態を知らせていた。

五階のリビングの大窓から見る眺めは、東山と鴨川。夕暮れの朱色の街は厳かだ。

「あの……これは何ですか？　もしかして、ここに水を張って……池みたいな感じにするんですか？」

咲子さんは、リビングのど真ん中に直方体に掘られた真っ黒な大理石のスペースを不思議そうに見た。

「これ、池とちゃいます、お風呂なんです。お風呂の周りをダイニングテーブルで囲っててね、コンロもあるんよ、ＩＨやけどね。ここでちょっとした料理ができるように作ってはるねん。料理しながらごはん食べたり、お風呂に入ってお酒を飲んだり……。これを設計した先生は、なんやすごい人気の建築士さんで、斬新なデザインで世界的に有名なんやって。息子がどうしてもその先生がいいって言うたし、お願いしたんよ」

女将さんが頭を抱えたようすで言う。

「あの……その建築士さんって、もしかしてレイジ・ベルガー・氷見先生？」

　凜子さんが聞いた。

「えっ、凜子さん、氷見先生のお知り合い？」

「う～ん、直接会ったことはないんやけど……ちょっと……なかなか……因縁のある方なんよなぁ……」

「凜子さん、因縁ってどういうこと？」

　凜子さんの口ごもる様子に、女将さんの不安はさらに増していく。

「う～ん、えっと、氷見先生は斬新なデザインで有名やけど、風水とか方位とか一切おかまいなしなんよ。スタイル至上主義やから。恰好がよくて、とにかく奇抜であれば何でもアリ、だからこんな黒いバスタブを、リビングのど真ん中に平気で設計しちゃったりすんの。しかも、ご丁寧に水周りに火を使うコンロまでつけて……IHといっても火の扱いには変わりないからね。実は氷見先生は昔、エジプトでピラミッド型のホテルを設計して中東で一世を風靡してんけど、そのホテルに泊まった人が次々怪死するから、テロリストのせいじゃないかって大騒動になったことがあってさ……あれはテロじゃなくて、風水や方位学を無視した設計ゆえにホテル自体が魔物の巣窟みたいになってしまったからなんよ。それでなくともお墓ばっかりのエジプトでさ……（今はもう『修復』したから、そのホテルは大丈夫やけど）」

最後の方、凜子さんはブツブツ呟いていた。

修復……？　修復って……何……？　咲子さんは、凜子さんの呟きをキャッチして背中がぞわぞわしてくる。

それから凜子さんは、ズボンのポケットに手を入れ金鎖を引っ張ると、懐中時計のようなものを取り出した。その蓋をパカッと開けると……。

「ほら、見て」

凜子さんが持っていたのは、方位磁針（コンパス）だった。

針がとんでもない勢いでぐるぐる回っている。待っても北を示す様子はない。

「なんか、ここの磁場がすっかりおかしくなってるんよ……たぶん、地下もそうなってると思うわ」

凜子さんは、このスイートルームの隅々まで歩いて調べた。

「ねえ、咲子さん。これ、お塩とかお酒とか伽羅を焚（た）くとかいうレベルじゃないような気がすんねん。咲子さんのマンションの三千倍って感じ……」

そう言いながら凜子さんは、東山と鴨川が一望できる窓を大きく開いた。

そこから見えるのは、『京都の銀座』と呼ばれる四条河原町の風景だ。

デパートやらビルが深い夕日色に染まっている。

「ああ……光ってんな……」

「何が光っているんです、凜子先生……？」

「鏡……あれはたぶん……高丸屋デパートの屋上の御稲荷さんのお社ちゃうかな？」

「えっ？　高丸屋デパートの御稲荷さんのお社が、ここから見えるんですか？」

「だってほら、見てみ？　光っとぉやんか？」

「いえ、私、そこまでは見えないですけど」

「そうか……見えるの、わたしだけなんか……あんなに光ってんのになあ……」

凜子さんは、ブツブツ言いながら、逆方向の部屋へ移動し、エレベーターホール横の縦長の小窓を開けて外を見る。

そこから見えるのは、八坂神社や大谷祖廟、清水寺などなどだ。秋の日はつるべ落とし。先ほどまで明るかった夕日は、じりじり闇に吸い込まれていく。

「どんなもん？　凜子さん、何が問題か分からはる？」

女将さんはこめかみを押さえている。多分、頭痛がするのだろう。

「穴が空いて……魔物にやられてんなぁ……。あの……女将さん、特にこのお風呂は、もうこのまま空にしておいて？　絶対、お湯をはったらあかんで。水があると、めっちゃ元気になる魔物も結構おるから……」

「穴が空いてって……魔物がいるの？」

女将さんは困惑する。

「うん、あのね……日本の神社の鏡っていうのは、太陽神である天照大御神（あまてらすおおみかみ）を表すご神体なんよ。このご神体の光はちょうど……何て言うんかな……そう、レーザービームのような光を発して、必ずどこかの魔界の蓋を照らして、そこが開かへんようにしっかり護ってくれてんのね。日本中、鏡がある神社はどこでもそうなんよ。必ず、どこかの魔界の蓋が開かへんように光で照らされてるはずなんよ。鏡と魔界の蓋は二つで一つのセットと考えてええの」

そう言う凜子さんは、黒いバスタブをずっと睨んでいる。

「で、通常、魔界の蓋の周りには護り人がいて蓋をしっかりガードしてくれるんやけど、その天照大御神の光が届かんようになると、護り人らもパワーダウンするんよ。あ、護り人っていうのはガーディアンみたいなカンジね。ガーディアンは妖精っていうか……ちがうわ……精霊……とにかく生まれて一度も人間になったことのない自然霊で、いわゆる神様の御遣（みつか）いやね」

咲子さんはさっきから、説明についていけていない。凜子さんがしゃべるたび、――魔界って何？　蓋？　蓋ってあの牛乳瓶の紙の蓋みたいなヤツ？　いや、今は牛乳瓶自体、少ないのよね……紙パックが主流のはず。ってそんなことより護り人って何？　ガーディアン？　そこだけいきなり英語？　妖精？　精霊って？　はい？　自然霊？　えっ、神様の御遣い？

などなど、人知れずいちいち心でツッコんでいる。

「で、その護り人さんたちが弱ると、簡単に結界が破られてしまうんやけど……。このビルを建てたことで、せっかくの天照大御神の守護の光が遮られてしまったみたいやねん……。で、光が当たらなくなった魔界の出入り口の蓋が開いてしまって、そこに閉じ込められてた魔物がいっぱい出てき始めたんやわ……。それで、この結界を破ったビルが魔物の住処になって、ワインも観葉植物も食材もみんな、魔物たちのエネルギーにやられてしまったんよ。ちょっと見えへんやろうけど、このバスタブの大本にある地下から上空にかけて、透明な筒のような柱が立ってるんやね。魔物はそこから自由に出入りしてるっぽい」

凜子さんはスイートルームを見回し、天井やら部屋の隅やらを眺めて、気分の悪そうな顔になる。

「今、その魔物のあまりの多さに、ちょっと手をつけられないっていうか……ちゃんと準備してからじゃないと、たぶん自分が真っ先にやられてしまう……」

「あの、でも凜子先生、ちょっといいですか？　日本だけ天照大御神の神社があって、そこの鏡が日本中あちこちの魔界の蓋を護ってくれているとしたら、よその国はどうしてるんですか？　よその国に神社はありませんよね？　例えばイギリスとかアメリカとかフランスとかは、魔界の蓋が開きっぱなしで国民は魔物にやられ放題だったりするんですか？　そうじゃないですよね？」

　咲子さんが非常に素朴な質問をする。

「あ〜大丈夫。キリスト教にはほら、教会の十字架があるし、中国には八角の鏡があるやん？　その国その国で必ず天照大御神級の守護の光があって、それぞれ魔界の蓋をあかないようになってんのよ。地球のシステムはどこもほぼ一緒やね」

　凜子さんは、そんなことをさらっと言う。

　咲子さんは納得したのか、深くうなずいていた。

「あのね、凜子さん、実はこのビルのオープニング・セレモニーの時、地下のギャラリーで、プレス向けに、デザイナーのヒロ・カクタニさんの冬物ファッションショーをやったんよ」

「うわあ、素敵。うちの元主人、ヒロ・カクタニのスーツ大好きでしたよ。ヒロのスーツ着ると本当に男前で……私……何着も仕立ててあげたのに……」

　つい思い出してしまい、咲子さんは涙目になる。

「咲子さん……あんたも大変だったんやね……。で、まあ、そのヒロさんのショーは大成功やったんやけど、パーティーが始まってから何名かのお客さまが気分が悪くなって……。頭痛がするとか、目まいがするとか。立食形式で出した食べ物は、一階のカフェと二階のステーキハウスで作ったものを用意させてもらったし、私も食べたから言えるんやけど、新鮮な食材揃えてて食事にはなんの問題もなかったんやけど……」

「まぁねぇ。食べ物の問題じゃあ、ないわな。ここ、磁場がおかしくなってるから、感度のいい人はかなり影響受けると思うんよ。わたしもさっきから頭がぐるぐる回って、目まいしてるもん……耳鳴りもきたな」

凜子さんは、バスタブを囲むダイニングテーブルに手をついて、中を覗き込むと、

「ああ、もうほんまに……これ、ぜんぜん無理かも……どうしたもんやろか……」

と、ものすごく弱気になっていた。

「あ、でね、ヒロ・カクタニはショーの後、この五階のスイートに泊まったんよ。そしたらヒロさん、翌朝『女将さん、俺が泊まった部屋、何かいますよね。すごいテンションあがったけど？　俺、一晩中、めっちゃ面白いデザインが浮かびまくりで、来年の春夏もののデザイン、一気に描きあげちゃいましたよ。何なの、ここ!?　パワースポット？』って、ものすごい笑顔で言わはったし、そんな部屋なんやなぁって思ってたくらいなんよ。だから諸々(もろもろ)気にしないようにしてたんやけど……」

「ヒロ・カクタニさんほどのレベルになると、元々感性が研ぎ澄まされているから、いるとかいないとかがすぐにわかるんよ。で、魔物っていうのはクセの強い人と波長が合いやすくて、ヒロさんは恐らく、魔界の力をうまく使うことができたんやね。で

も、その力をずっと使い続けていたら、どこかで歪がでてくんのよ。それってやっぱり正当な力とはちゃうしね……。魔界の力を借りるのはあんまりおすすめじゃないんよ、どっちかというと。わたしはきっちり封じ込めたい方」

凜子さんはきっぱりと言った。

「芸能界の人たちも頻繁にお忍びで利用してくれてるんやけど。ワンフロアに一部屋しかないというプライバシーが守られている点が口コミで広がって、先月も有名な歌舞伎役者さんが、若い女優さんを連れて泊まってくれはったんやけど、二人とも深夜に具合が悪くなってしまって……一緒に救急車に乗せるわけにもいかへんから別々に救急車を呼んで、そりゃあもう大騒動やったんよ。結局原因は、わからなくって。歌舞伎役者さんはずっと舞台を降板してはるし、お相手の女優さんも全然テレビに出てはらへんし。そうこうしているうちにワインはダメになってるし、カフェもステーキハウスも、食材が傷むのが早うなって、おわかりのように今、このビル丸ごと臨時休業状態。私らもう、どうしたらええのか……で、前に通りかかった凜子さんがうちの佃煮店の悪いモノを退治してくれたのを思い出して、凜子さんのことを捜してたとこなんです……凜子さんが、うちの店にちょくちょくきてくれているのは知ってたけど、捜すとなると、手掛かりがなかったしね……。なんで前に、なんや退治してくれた時にちゃんと連絡先を聞いておかなかったのか、もう、悔やまれて悔やまれてしかたなかったとこやったんよ……。ああ、でもよかった、凜子さんに会えて……。あの、どうかまた助けてもらえへんやろか？」

　女将さんは、ほとほと困った顔で言う。

「凜子先生、何を退治したんですか？」

　咲子さんが、小声で聞いた。

「佃煮の塩をだめにするシオガエっていうのがいっぱいおってん。それ滅しといてん」

　凜子さんが不敵な顔でニヤッと笑った。悪い顔をしている。

「滅した⁉」

「う、うん……救ってないねん。だって救ったところで、また戻ってくるから」

「コロシたってことですか……」

　さらに咲子さんは声をひそめた。

「そんなダイレクトに言わんとき〜。ちょっと滅しただけなんやから……」

「上にはあげなかったんですね……」

「魔物は滅することがほとんどやなぁ……もう悪さをし尽くして後戻りできへんようになってることが多いからなぁ……」

　二人がぼそぼそ話していると、

「あの、凜子さん……昔、うちの佃煮が全部あかんようになった時、凜子さん、割と一瞬で退治してくれはったでしょ？　ここもあの時みたいに、片づけることは、できへんのですか……」

女将は明らかに困惑している。状況はかなりシリアスだが、咲子さんはついつい、彼女の雷さんヘアとＵＣＬＡばかりに目がいってしまう。一方、さすがの凜子さんは動揺などせず、くぐもった顔でこう伝えた。

「女将さん、ちょっとわかってはるみたいやけど、ここはもう、お祓いのレベルじゃないんよ……」

「わかるわ……やっぱり……さすがに、私でもわかるくらいなんやわ。でもどうか助けてもらえへんやろか？　確かにこの場所は規模も大きいし、大変やと思うけど……きちんとお礼もさせてもらいますし、お祓い、お願いできませんやろか？」

女将は、今にも泣きそうだ。

「だから女将さん、ここはお祓いとは違うし、人間相手じゃないから霊上でもないし、お掃除ともちょっとちゃうねんな。さすがに一人では手が足りなすぎて難しい。ここまでのんは、ちょっと無理なんちゃうかな。ごめんなさい……どないしよう」

にぬきはもう吠えなかった。

凜子さんが神様のお役目を果たさないでいる時には、吠えて吠えて凜子さんを鼓舞するのだが、にぬきは体を小さくしたまま、静かに咲子さんに抱かれている。

「あの……凜子先生……私でよければ、お手伝いしますけど……？」

何を思ったのか、咲子さんが言った。

「え？　咲子さん、あんた今、どういう体調？　頭痛する？　目まいしない？　気分が悪い？　どんよりする？　もどしそう？」

矢継ぎ早に凜子さんが聞いた。

「うーん、ここがかなり重た～い感じがするのは、わかります。ちょっとざわっとするかな……？　でも、体調はいたって普通です。にぬちゃんが重くて腕が痛いのと、お腹がすいている、くらいですか？」

「ごめんねぇ、咲子さん、夕食時なのに引き留めて……。後で必ず串カツ、好きなだけ揚げたげるから……かんにんね……」

女将さんは、咲子さんにも頭を下げる。

「わあ、串カツ、楽しみ～。二度付け禁止のソースとかあるのかな」

咲子さんは最近、憑き物が落ちたように（いや、実際落ちているのだが）、かなり能天気だ。

「咲子さん、あんた、強靭な体しとぉね？　こんなに魔物がうようよいる場所で、よぉ串カツのこと考えられるわ……。あんね、このバスタブ、さっきから見たことないようなベターッとねばねばしたのとか、端から端までびっちりとへばりついてんねん。部屋の隅々には目のない口だけのにゅるーんとしたモンがはいつくばってるし、どこからが顔と胴体かわからへんようなモンも、ぎょうさんウヨウヨしてるし。見えないってええなあ。わたし、もうツライ……どう考えても無理。だってこのビル、地下もいれたら六フロアもあるんやもん」

「そんな……凜子先生、これも乗りかかった舟ですよ。やってみましょうよ。除霊のお手伝い、させてください。私、何でもやりますから」

死にたい気持ちで彷徨(さまよ)っていた京都で凜子さんに救われた咲子さんは、自らも人を助けたい気持ちでいっぱいだ。

「だからさ、咲子さん、これは除霊じゃないんだって」

「あ、そうですね、霊上でしたっけ？　じゃなくてお掃除？　それとも大晦日(おおみそか)的な大掃除ですか？」

「ちゃうねん、これは『まつり』。ま・つ・り！」

「お祭り……？　ですか……？」

「フェスティバルのお祭りちゃうよ。まつりっていうのは、間(あいだ)の釣り合いをとる意味の『間釣り』なんよ。神社のお祭りとかは、普段雲上にいらっしゃる神様と一般庶民が最も近づける日。神様と人の間の釣り合いを取る日のことを、祭りっていうんよ。これからわたしがする『まつり』は、魔界と人間界の釣り合いをとる『魔釣り』なんよ。出てきたらあかんもんを元いた場所に戻して、魔物と人間の釣り合いをとらなあかんの。ここ、陰陽のバランスが崩れに崩れてるんよ」

にぬきがようやくフロアにおりて、ブルブルッと体を震わせていた。

「それでも凜子先生、ここをこのままにしておけないでしょう？」

知り合って間もないのに、咲子さんは凜子さんの性格を熟知していた。

「そうなんよね……ほんま参ったなあ～。わたし、人づき合い悪いから、同じような力を持つ知り合いおらんくってさ……せめてもう一人、いればええねんけど……」

凜子さんは深いため息をつく。

「いえ、先生ならお一人でできますよ。先生はきっと今、試されているんです。できない指令は降りてきません。これもご縁なんだと思いますよ」

咲子さんは、凜子さんをじっと見つめて言う。

凜子さんは黙りこむと、部屋の隅々を改めて見渡した。窓を開けて高丸屋デパートの方角を見る。それから足元にいる、愛するモフモフ犬をしっかり抱きかかえた。そうしながら凜子さんはじっと考えていた。

「わかった……。女将さん、この仕事、やらせてもらいます。ただし、日にちがかかると思うわ……最低五日は必要だと思うし。それでもええですか……？」

凜子さんは決心した。ここを放っておいたら、京都中がおかしくなりだす気がしたからだ。

「五日ですか……？　それは……かなりかかるんやね……」

「うん、穴も空いてるからね。このビルが建ったばかりにどっかに開いてしまった、高丸屋デパートの御稲荷さんがずっと護ってくれていた魔界の蓋を探して、閉めにいくところから始めなあかんと思うんよ。その場所を調べるのに、軽く一日くらいはかかるんちゃうかな」

凜子さんが言うと、咲子さんが隣で耳打ちした。

「あの、でも凜子先生、明日と明後日（あさって）は丸一日、授業がありますよ。明々後日（しあさって）の土曜から始めるということですか？」

「いやもうこれ、一日も放置せん方がええと思うの……しかも来週早々に『朔（さく）』になるんよ」

「え？　サク？　サクってなんですか？」

「満月の逆。月がまったく見えなくなる日のことを言うねん。月の第一日目、新月のことや」

「月の光がないと、まずいということですよね？」

「せやねん。月の光はもともと太陽の光が当たったもんやから、太陽神である天照大御神の力が生きてんのよ。けど、朔の日はあかんねん。京都中、ううん、もう日本中に悪いモノがうようよし始めるんよ。朔の日に、あちこちの魔界の蓋が勝手に開いてしまうことがよくあってな。明日の朝から始めないと、このあたり一帯は徐々におかしなってしまうはずやねん」

「え――。じゃあ、休講ですね？　でも明日からいきなり木、金、連続休講は、なかなか大学側に言いにくいですよね……」

「二日じゃきかへんわ、恐らく来週の月曜も休講やな。トータル三日休講になる。クビになったらどないしよか……」

言いながらも、凜子さんは腹をくくっている。

「おまかせ下さい。大丈夫です。私、これから大学に戻って、民俗学各クラスの受講生全員に連絡します。で、木金月と休講にするので、その間、学生さんには、イスラエルと日本の共通文化を研究することと、日本にやってきた古代イスラエル人が、隠岐の島に来てキリスト教を普及した痕跡がないかを調べる、などなどのレポートを書かせるようにします。休講明けに、学生たちにそれについてのディスカッションをさせましょう。ディスカッションの出来不出来を後期のテストの一つとするんです」

咲子さんは、ここに来て事務能力が最強すぎた。

「え、あんた……誰？　こないだ鴨川で……泣いてた人……？」

凜子さんは、咲子さんを二度見、三度見する。

「誰かのお役に立ちたいんです。私、今夜からちょっと季節外れのインフルエンザにかかって、五日間自宅待機ということで、大学からお休みを頂きます！　緊急の用が入った時は、即、リモートで対応です」

そう言うと咲子さんは、空きっ腹を抱えたまま一人上村ビルを出ると、タクシーを拾い、烏丸大学へ飛んでいった。

その炎燃え盛る後ろ姿は、お不動様そのものだった。

京を護る

凜子さんは翌朝、四時起きで、ミニ・コンバーチブルを運転していた。

前日に連絡した馴染みのお酒屋さん、お米屋さん、乾物屋さん、神具店さん、その他もろもろの店や市場へ寄り、無理を言って揃えてもらった品物を受け取ると、今日これからの『まつり』のための準備を整えていた。

最高級の塩、香木、香炉、水、清酒、米、餅、野菜、果物、提灯（ちょうちん）、赤ロウソク、白ロウソク、その他色々なものがカブちゃんの後部座席に積みこまれている。それだけではない。食器、折り畳み机、ゴザなどもある。

その量がすごすぎて、後ろに座るスペースはない。

助手席に座った咲子さんは、にぬきを膝に乗せている。

今日はミニの幌をきちっとしめて、窓もしめている。清涼なものを清涼な状態で運ばないといけない。幌を開けて運転したら、京都の街中にうようよしている魔物たちに、積んでいるもののエネルギーを吸われてしまうらしい。

「私のレンジローバーがあれば、これしきの荷物、楽々と運べるんですが……レンちゃん、どうしてるかな……もうすぐ車検だったたな……いつも一緒に走ってたのに……」

咲子さんは、東京に置いてきた愛車レンジローバーのレンちゃんを思い出し、しょんぼりする。

「あっすみませんっ、大仕事の前にテンション下がるようなことを言って。泣くと魔物にとり憑かれちゃうんですよね」

咲子さんは、両手で自分の頬をペチペチと叩いた。

その咲子さんは、長袖のハイネックのコットンセーターにパールのネックレス。それにパンツスーツを着ている。そして、ローヒールのパンプスに靴下。すべて白系統でまとめた。

一方凜子さんも、スタンドカラーの長袖ロングシャツワンピース。それにストレッチレギンスを合わせている。上下ともにオフホワイトだ。

「白って、身が清まる感じがしますよね……」

咲子さんが言った。

「せやな。わたしたちは今日、神様の御前に行って色々とご相談させてもらうから、清浄な色がいいと思って……。やっぱり白に勝る正装はないんよ」

早朝の京都は道が空いていた。しかし今は秋の行楽シーズンなので、あと二時間もすると街に観光客が溢れてくる。

時刻は午前六時二十分。

河原町の大通りに面した高丸屋デパートの裏手に回り、そこの駐車場へ行くと、入り口に紺のスーツの老紳士が立っていた。駐車場の管理人さんだろうか？

凜子さんは車を停めて、すぐに外に出た。

「おはようございます。今日は無理を言ってごめんなさいね！　一日、よろしくお願いしときます」

凜子さんが神妙な面持ちで言う。

「もちろんです。ご到着をお待ちしておりました。今日もお荷物、たくさんありますね。お手伝いさせて下さい」

男性は紳士で腰が低かった。

「いつもおおきに。今日は手伝ってくれる女性がいるから大丈夫なの。えっと、こちら富士宮咲子さん。同じ烏丸大学で働いている方なんです」

凜子さんは助手席でにぬきを抱いている咲子さんを、窓越しに紹介した。咲子さんも頭を下げた。

「そんなことおっしゃらずに。とにかく一旦その車、地下三階の、エレベーターホール近くに停めてきて下さい。それからお荷物、運びましょう」

男性は、凜子さんの満杯の後部座席を見て言った。

凜子さんは、ありがとうございます、と頭を下げるとまた車に戻り、ミニを発進した。いつもだったら長蛇の列で何十分経っても入れない高丸屋デパートの駐車場だが、今日は地下三階まですいすい降りていく。当然、一台も車はない。まだ開店の何時間も前だ。

「今の男性ね、高丸屋デパートの支配人さんなんよ。五年くらい前やったかな、高丸屋さんが六階、七階にあるレストラン街を大改修した時、次々とありえない事故が起こって……その時ちょっと、まあ……頼まれたというか」

「ああ……お掃除……ですね……？」

「せやな……ちょっと大掃除くらいかな……」

「『まつり』レベルですか？」

「若干、『まつり』入ってた……けど、二日で終わったから、まあまあな感じ？」

「そうでしたか……」

「その時、ここの屋上の御稲荷さんにお力を貸してもらって、大掃除ができたんよ。今日もかなり相談に乗ってもらわなあかんと思ってるねん。おそらく今回は、御稲荷さんもかなり困ってるはずなんやけど……」

一時間後、凜子さんは高丸屋デパート屋上隅にある、赤い鳥居がシンボルの小さなお社の前にいた。お社は檜木（ひのき）で囲まれていて神社の風格があった。凜子さんが座る新品のゴザから新鮮なイグサの匂いが立ち上る。

お社前に机をセットし、そこに清酒、お水、お米、お餅、お香、季節の野菜・果物を供えた。お社内には赤い蠟燭（ろうそく）を灯（とも）す。お社を挟んだ右と左にスティック状のスタンドを立て、そこにお稲荷様用の提灯をかけた。

咲子さんは、凜子さんの後ろに座っている。

にぬきはもっともっと後ろで、伏せをしている。

最初、凜子さんは『大祓詞（おおはらいのことば）』を奏上し、その後スッと黙り込むと、ずっと両手を組んで祈っていた。お稲荷様とお話ししているようだった。

時折、うなずいたり、深く頭を垂れたり、そしてまた祈ったりを繰り返している。

風が吹いてもロウソクは消えず、かと思うとお社の両脇の提灯はピカピカ光ったり。黒雲が通るとにわか雨が降りだしたり、直後にいきなり地震のようにぐらりと揺れたり、不思議なことが連続していた。

高丸屋デパートの支配人さんは、今日一日、お客様が屋上に出られないよう締め切りにすると言って下さっていた。ということは、凛子さんのお祈りも終日かかるということなのか、それを聞いた咲子さんは、長丁場を覚悟した。

正座なので脚が痛いはずなのだが、それも気にならないくらい凛子さんはお祈りに没頭していた。


気がつくと、日は西に傾き始めていた……。

八時間は経っただろうか。驚くほどあっという間に時が過ぎる。

「ありがとうございました。お稲荷様にもご不便おかけすると思いますが、わたくし一凛子が、富士宮咲子、にぬきとともに、全力で京の街をお守りいたします」

最後に凛子さんが言葉を発した。こういう時は標準語だ。

それから、凛子さんはお供えしていた特級酒の一升瓶のキャップを開け、用意していた白い陶器の御猪口(おちょこ)二つになみなみと注いだ。それを一つ、咲子さんにも渡す。

「咲子さん、直会(なおらい)をするよ? 御神酒ご馳走(ちそう)になるねん。これでわたしたち、全力で『魔釣り』に取りかかれると思うわ」

直会とは、神事が終わった後、神酒、神饌(しんせん)をおろして頂く酒宴のことだ。

二人は御猪口をお社に向けると、お稲荷様と乾杯をした。

凜子さん、咲子さん、決意の乾杯だ。

それから二人はお社周りを片づけると、高丸屋デパートを去った。

御猪口とはいえお神酒を飲んだので、運転代行を頼んで自宅へ戻った。

明日は、魔界の蓋が開いている場所を探しに行く——。

＊　＊　＊

翌朝、京の街は土砂降りだった。

「にぬきは置いてきてん。この雨の中、ふわふわの毛がびしゃびしゃになるのはゴメンしたいから」

凜子さんは、ものすごい勢いでワイパーが左右に動く中、愛車のミニを走らせていた。

「咲子さんまで巻き込んでしまってごめんやで……今日の仕事は、わたしだけでもできると思うねんけど……」

凜子さんは、こんな悪天候の中、一緒についてきてくれる咲子さんに、申し訳ない気持ちでいっぱいだ。

「先生、そんなことおっしゃらないで下さい。こんな天気、何でもないです。私、前に義母の家に行って、大雪の中、外で五時間待たされました。主人は義母の家で飲んだり食べたりしてるんですけど、私は入れてもらえなかった……クリスマスだったかな……」

「うわあ……すごいお義母さんやな。今時、そんな韓流ドラマみたいな話、まだあんねんなぁ。わたしやったら即行で家に帰ってるわ」

「ですから、嵐の中で『魔界の蓋』探しくらい平気です。大雨降ってたって、今日はなんだかんだ気温二十度近くあるじゃないですか。ハワイでスコールにあってるようなもんですよ」

「咲子さん、ハワイのスコールは浄化の雨なんよ。汚れを落としといてくれる雨なんよ。ほら、だからハワイって、いっつもスッキリしてるやんか?」

　凜子さんは、今日は動きやすい普段着に長靴、フードのついたレインコートにレインパンツをしっかり着ている。

　咲子さんもそれに倣って、ユニクロのスウェット上下、それにフードのついたレインコートにレインパンツ。山登りになるだろうと聞いていたので、靴は防水のトレッキングシューズだ。

　ミニは八坂神社から高台寺脇を走ると、京都霊山護国神社近くの坂を上りきる。

「えっとねぇ……お稲荷さんが教えてくれたんは……確か、このあたりのはずやねん。

そうそう、咲子さん、今日は油断したらあかんで。隙を見せたらやられてしまう」

　凜子さんが急に真剣な顔で言うので、咲子さんもここでグッと気を引き締めた。

　そして車を駐車場に入れ、二人は傘を差しながら雑木林に入ると、奥へ奥へと登っていった。

「あのさ、咲子さん、わたし実は……虫が苦手でさ……。蝶とトンボは、霊魂の乗り物だし、テントウムシはマリアさまの御遣いだからぎりぎりオッケーなんやけど、ミミズとか……幼虫とか……毛虫とか……ああ……コオロギとかもだめ、セミもつらい、自宅でG出たらアウト……アブ、ハチ、飛んで来たら、泣く……」

　泣いたら魔物につけいられるのに泣くのか、と咲子さんは心でツッコんだ。

「前にアマゾンの奥地に行った時、原住民の人たちの心温かな歓迎を受けて食事に招かれたんだけど、何かの虫を炒めたもんとか、なんかの幼虫をお酒に漬けたもんとか……村長に是非にって勧められて……ありがたくいただいたわ。あんまし記憶もないねんけど……。ただ、後で歯に昆虫の足が挟まっているのに気づいて……それがなかなか取れなくて……夜中に絶叫した……アマゾン中の動物、みんな起こしたわ……」

　凜子さんは、雑草をおそるおそるかき分けて行く。

「あの、虫でしたらまかせてください。私、だいたいの虫は大丈夫です。触れますし捕まえられます。ハチとか人差し指に留まらせられます。ゴキブリだって捕まえてリリースです。殺すのは蚊ぐらいですね」

「Gをリリース？　なんで殺さへんの？　増えるやんか」

「紙コップとかかぶせて、サッと厚紙でコップに蓋して、そのまま外にリリースです。一寸の虫にも五分の魂ですから」

「ありえへん……そんなんリリースして、そのG、うちのマンションまで登ってきたら、ほんまに困る！」

凜子さんは、本気で嫌がっている。

「そんな虫より、私は、義母からの『無視』が、つらかったですね……」

咲子さんが暗い声で言う。

「えっ、今そこ？　咲子さん……あんたすごいな。つらいことも笑いに変えてんのん？　神様はそういうのん大好きやねん……ああ、わたし今日、咲子さんが一緒に来てくれて楽しなってきたわ……」

顔にジャンジャン雨が降りかかってくる中、凜子さんは笑っていた。

今日は大変な一日になることがわかっていたけど、この笑顔で今日を乗り切っていけるような気がしてきた。

「この雨がね、『邪魔』モンを流してくれてんの。せっかく開いた魔界の蓋をまた閉じられるのがいやだから、悪いモンがみんなで一致団結して蔓延(はびこ)ってるのを、浄化の雨が流してくれてんの。もうちょっとしたら大風が吹いてくるから……。最悪……雷、落ちるかな……。ひどい時は大きな雹降らせたり……痛いんよ、あれ……ヘルメットかぶってくれればよかった」

凜子さんはため息をついた。冗談ではなさそうだ。

「先生、えっと……桜の樹が……目印なんですよね……？」

咲子さんは、あたりを見回しながらついていく。

「そう、わたしがお稲荷さんから受け取ったメッセージでは桜の樹やった。木の葉っぱがほとんど落葉してるから、桜って気づきにくいって言うてはった」

雑木林は、小高い丘へとつながっていた。

雨の中の登山は、アラフィフの二人にはキツかった。しかも普段運動してない人たちだ。互いに息が切れている。

「でも、桜の落葉には、まだちょっと早いですよね？」

「樹が魔物にやられて弱ってるんやって。で、早くに落葉したらしいわ」

山の中は、樫、楢、椎、竹、色々な樹がまだ葉っぱをつけている。

「あ、凜子先生、これ、桜ですよね？　桜です。葉っぱが赤茶になってますけど」

ひょろひょろっと伸びた山桜の樹を見つけた咲子さんが言う。

「うん、それ桜やけど、それじゃないと思うわ。もっと高台の方だって言うてたから、もう少し上にあがらなあかんな?」

　二人は、背中にかなり大きなリュックをしょっていた。その中に、魔界の蓋を閉じる各種グッズが入っている。リュックは雨に濡れてはいけないので、レインコートの下で背負っている。

　それから四、五十分、二人は雨の中、まだ雑木林を彷徨っていた。下がって、上がって、また下がって、上がってを繰り返していると、どこが一番の高台かわからなくなってしまう。まるで迷宮だ。

「あーあ、やっぱりにぬき、連れてきたらよかったわ……にぬきやったらきっと、妖しい場所なんてすぐに見つけて吠えてくれるのになぁ……」

　あまりの土砂降りで、時々、すべったり転びそうになったりの凜子さんは、段々と自信がなくなっていく。

「でも、この大雨では、さすがににぬちゃんが可哀そうです……にぬちゃん、長靴を履いているわけでもないし、足から冷えてしまいます。当然、全身ぐっしょりです。だけど、にぬちゃんは頑張り屋さんだから、きっと無理してしまいます」

「そうなんよね……それでもにぬきは今朝、自分も行くって大騒ぎしとったわ。わたしが玄関の扉を閉めても、その鳴き声がずっと聞こえてたもん。あんなに鳴かれると、こっちも不安になってくるんやけど……わたしだけじゃ、どうにもならないのかなって。まぁ連れてきてたとしても雨の中を歩かせるわけはないから、この雨の山道、抱っこ紐で抱えるとかも考えたけど、長時間になることはわかっとぉし、わたしの体がもたへんと思ってんな……ほら、にぬき、重いやん……」

凜子さんが、ぽつりと言う。

「大丈夫です。私がいるじゃないですか！　今日は私、にぬちゃんの分まで頑張りますから！」

死線を越えた咲子さんは強かった。

「先生、私ね、今、何しても身が軽いです。何食べてもおいしいし、どこ行っても楽しいし、誰と話しても面白いし、大学の仕事もありがたいです。夜もよく眠れますし、朝が来るのが待ち遠しいです」

咲子さんは元気よく言う。

「それ聞いて、わたしも嬉しいわ……」

「凜子先生のお陰です。生きていると、思いがけずいいことってあるんですね」

傘が意味をなしてないくらい全身ずぶぬれなのに、咲子さんは笑っていた。

「もうええことしかないわ。特にこれまで辛い思いばかりしていた人が、なんかに気づいてしまったらいいことだらけのはず。だって、何でもありがたいし、幸せに感じるやん？　護られてるってことに気づいちゃったんやもん」

「ホント、そうなんです〜。なんであんなにずっと萎縮して生きていたのか、よくわからないです。もったいないことをしたなあって思います。ところで、あれ？　凜子先生、あの五重塔みたいのって何ですか……？」

咲子さんが今日は靄がかっているが、晴れの日は見晴らしが良いであろうところで、遠くにうっすらとそびえる、いかにも京都らしい建造物に気がつく。

「そっか、咲子さんって、まだ京都観光もしてへんかったよね？　あれは『八坂の塔』。飛鳥時代に聖徳太子が創建したもんなんよ。古都を彩るシンボルタワーも知らんうちに、すぐに大学で働かせてしまってごめんなぁ……。今度、あっちこっち案内するわ。八坂の塔の下にさ、素晴らしいイタリアンのお店あんのよ。ジェノベーゼソースのパスタとか絶品。イタリアンやけどフィッシュ&チップスもあるんよ。鱈がカリッと揚がっててさ……。デザートのモンブランも和栗を使ってるんよ。あ、なんかよだれ出てきた……。今回のお仕事うまく行ったらご馳走するしな」

「わぁ、イタリアンですか？　楽しみで〜す！」

咲子さんが、元気よく応えると、

「そうやっ!!　塔っ!!　八坂の塔のことやったんやわ！　わたし昨日、あんなに長いことお稲荷さんと話し込んでたのに、こんな大事なこと忘れとった……！　何を聞いてたんやろう……！　イタリアンの話、長すぎやんっ」

「どういうことですか、凜子先生？」

「あのさ、お稲荷さんに、桜の樹のあるところから、そびえるものがあるって言われててん。きっとその辺に魔界の入り口があるんやわ」

魔界と聞いて、咲子さんは改めて背筋がぞっとする。

二人は八坂の塔が見えるあたりを、行ったり来たり散策すると……。

「あ……あった……あれっぽい……？」

凜子さんは、八坂の塔がよく見える崖ギリギリにまで近づき、二メートルほど下を覗く。そこには直径一メートルほどの樹があり、枝は丸裸になっていた。

「ええ……確かに……あれ……木肌を見る限り、桜みたいですよね……」

咲子さんが不安そうな声で言う。

「こんな崖にあんの……？　そんなこと一言もなかったと思うけど……これ、しっかり降りていかんと、うっかりコロコロコロッて落っこちてったら洒落にならんて」

「あ、あの……ちょっといいですか、凜子先生。あの桜の周りの雑草……見て下さい。あれって、なんか……」

「あかん……あれ、間違いないわ……桜の周りの雑草だけ円を描くように綺麗に倒れとぉ……あそこが入り口やな……。あ〜、帰りたなってきた！」

凜子さんが珍しく動揺する。

「あそこだけ、完全にミステリー・サークルになってますよね」

咲子さんが言う通り、弱った桜の樹の周り、半径一メートルくらいの雑草が、時計回りになぎ倒されている。人為的なものではない。土砂降りの雨でよくわからなかったが、紛れもなくそこだけミステリー・サークルだ。

「大丈夫、大丈夫。ここまで来たんやしね、帰るわけにはいかんわな？　だって咲子さん、言うてたもん。わたしならできるって。わたしは今、試されてるんやわ。できない指令は降りてくるはずないって」

凜子さんは必死に、自分で自分を励ましている。

「大丈夫です、先生、私、準備します」

そう言った咲子さんの行動は速かった。

濡れるのも厭わずレインコートを脱ぐと、背中のリュックから折り畳み式のテントを出した。それはポップアップ式に、あっという間に広がった。高さ一九〇センチ、底辺一二〇センチの正方形、重さたったの二キロなので、キャンプ初心者には人気がある。元々は海辺での着替え用に重宝されていた商品だ。中に入れるのはせいぜい一人だが、咲子さんと凜子さん用には充分な広さだ。

「咲子さん、気が利きすぎとぉ……優秀すぎて何も言うことない……」

突然のテントの出現に凜子さんは驚いてしまう。

「そんなことより、先生、まずは中に入って下さい。ここで準備しましょう。少しでも体力を温存です」

「ありがとう、助かるわ。じゃあわたし準備するわ」

と、二人がテントの中に入ったとたん、風が強くなった。テントはブルブル震えだし、中に誰もいないと吹き飛ばされそうだ。

「まずは、お清めしないと……とにかく、お祈りやな……」

凜子さんは、レインコートを脱いでリュックを下ろし、正座をして両手を組み、大祓詞を奏上し始めた。

咲子さんも両手を合わせる。凜子さんの奏上と合わせるよう、声をださずに奏上している。彼女はもう全文覚えていた。

全文を奏上するのに七、八分かかる。だが、凜子さんはそれを何度も何度も繰り返した。一時間くらい続けると、いつのまにか風が弱まっていた。雨も小ぶりになっている。まるで大祓詞のパワーが、何か悪いやつを抑え込んだかのようだ。

「始めるね？」

凜子さんはそう言うと、リュックから香炉を五つ、大切そうに取り出した。そして炭をおこし、伽羅の香木を焚いた。

一升瓶を取り出し、五つの杯に特級酒をなみなみと注いだ。

次は塩だ。無添加の天日干しの塩——今回は特別に、出雲大社の大社湾から取れたお清めの塩を五つの皿に高々と盛り塩をしていく。

そして、なんと次は縄だ。普通の縄ではない。しめ縄にも使われる神聖なわら縄を巻いた束を持つと、凜子さんは長靴を脱ぎ、靴下のまま崖を下りて行った。

「えっ!? やだっ先生っ、危ないですっ！」

咲子さんは、凜子さんのあまりに危険な行動に、悲鳴をあげる。

「大丈夫、心配しんといて。わたし、この縄で結界を張ってくるから」

その行動は、何かもう神がかっていた。咲子さんが手助けできるレベルではない。

凜子さんは桜の樹まで下りて行くと、例の方位磁針を取り出して方角を確認し、桜を中心にして一本の縄で星の形を作っていった。

それが終わるとまた崖をのぼってくる。

「咲子さん、盛り塩をお願い」

「了解です。お待ちくださいっ」

咲子さんはテントから、五つの盛り塩の皿を次々と運んだ。

凜子さんはそれを縄でかたどった星の先端に一つずつ置いていく。

「あの……盛り塩は、雨に濡れてもいいんですか？」

「大丈夫。濡れても飛ばされても、お清めの力はかわらへんの。次はお神酒を頼むわ！」

いつになく鋭い凜子さんの声に圧を感じながらも、咲子さんはお神酒を盛り塩の隣に、きちんとセットする。

「次は、香炉やな……」

今回の香炉には蓋があって、横から煙が出てくる様式なので、雨でも大丈夫そうだ。それを五つ、同じく星形の先に置いた。もやもやと煙が出ている。

「あの、凜子先生、なんでそこ、縄を星形にしたんですか？」

咲子さんがたずねた。

「この星は五芒星っていうんよ。明けの明星を意味するねん。これが悪霊の攻撃から護ってくれるから。五芒星の先に大地を司る木火土金水の神様に来てもらって、力になってもらう作戦なんやけどなぁ」

木火土金水とは中国の古代思想で、万物を構成する五つの物質のことだ。凜子さんはその物質ひとつひとつこそが、大地の神様そのものだと信じている。

「あのさ、わたし、これからご祈禱とお祓いに入るけど、たぶんかなり長くなるから、咲子さんはテントの中で待ってて」

そう言うと、凜子さんは崖の途中に下りていき、方位磁針で真北を選ぶと、そこに座り込んだ。絶対ここから滑り落ちないという自信に溢れた顔だった。何が凜子さんをそこまでつき動かすのか、咲子さんにはわからなかった。

「あの、凜子先生、私も一緒にお祈りさせてください」

「あかん、危ないから。何があるかわからへんし、テントで待ってて。その方が、わたしも集中できるんよ」

そこまで言われると、咲子さんはそれ以上、踏み込めなかった。

凜子さんの邪魔をしてはいけない、と咲子さんは、すごすごテントに戻っていく。

咲子さんは、崖の上から五芒星の中心にある桜の樹に目を落とした。地面に濃いねずみ色の雲のようなものが、とぐろを巻いているようにもやっと見えた。それが地底から湧き出て桜の樹を縛っている。霊感のない、何も見えないはずの咲子さんにまで見えるその景色は、明らかに異常だった。背筋が凍る。

これは大変だ……と、咲子さんは自分ができることを考えた。それは、大祓詞を奏上することだけだ。習いたての祝詞の意味を考え、心を込めて何度も何度も奏上し、付近一帯を清浄に保ち続けるしかない。

しかし、小雨になったと思った空には、また黒雲が広がり大雨にかわる。

風も強まり、小枝や葉っぱが吹き飛んでくる。一度、すぐ近くで雷も落ちた。魔物たちが必死に抗(あらが)っているかのようだ。

いてもたってもいられなくなった咲子さんは、一時間に一回ほど自らも崖を下ると、香炉に新しい伽羅を焚き続けた。伽羅を新しくすると、しばらく雨風の力がゆるむのだ。魔物たちは、どうやら神々しい匂いが苦手のようだ。

一方、凜子さんは両腕を押し出し、十本の指から何かを生み出す動作を続けていた。かと思うと左の人差し指で大きく何かを描き、五芒星を覆う動作もしている。

時折、たいした風も吹いていないのに、凜子さんのカラダは左右前後に激しく振られていた。しかし咲子さんが手出しすることはできない。素人が中途半端に見えない世界に加担することは、かなり危険なのだ。見守るしかできないのが、咲子さんは歯がゆかった。

もう何度、伽羅の香を交換しただろうか。もう何度、大祓詞を奏上しただろうか。咲子さん自身も風雨にさらされ、ふらふらになって崖の上に座り込むと、あたりは薄暗くなりつつあった。

「咲子さん……ありがとう……終わったわ……もうここは大丈夫やわ……」

凜子さんに揺り起こされた咲子さんは、崖の上で突っ伏していた自分に気づく。

ずぶ濡れの身体で立ち上がると思いのほか体は軽く、そんな自分に咲子さんは驚いてしまう。

しかしさすがに凜子さんは疲労困憊だった。崖を上がり、咲子さんに声をかけるとすぐ、凜子さんは倒れてしまった。

「り、凜子先生っ、しっかりしてくださいっ」

咲子さんは凜子さんを抱えると、すぐにテントまで移動させ、バスタオルを敷いた上に寝かせた。自分のマンションを掃除してくれた時より、ずっと苦しそうな息遣いをしている。手や腕のあちこちに切り傷があった。

この間、咲子さんは崖を下りて、盛り塩のお皿やお神酒の杯や五芒星をかたどったわら縄を回収してきた。

魔界の蓋は、閉じられたのだろうか……？

不自然に倒れていた雑草は、やはりそのままだし、桜の樹は相変わらず元気がない。けれど樹の根元から湧き出るようにとぐろを巻いていた濃いねずみ色の雲のようなものは、今はもう明らかにない。

咲子さんはこの時ふっと、桜の葉の塩漬けのような香りをかいだ。よく和菓子にまいてある、あの桜の葉の塩漬けだ。それは大好きな道明寺の香りだった。こんなおいしそうな香り、来た時にはまったくしなかったはずだ。

帰り道は咲子さんが運転した。凜子さんはもう運転できる状態ではなかった。

今まで凜子さんがたった一人で、こういう『魔釣り』やらお掃除やら、お祓いやら霊上をされていたと思うと、胸が痛くなった。これはどう考えても単独でできることではない。でもきっと凜子さんは、一人黙々とやってきたに違いない。

咲子さんは、優しい明りの灯る京の街を走りながら、自分がこの街にたどり着いていたことに感謝した。

凜子さんや、お不動様や、大地の神様や、思いつく限りの方々に感謝した。

中学校の修学旅行で来ただけの京都、ボロボロに疲れて彷徨った末の京都だったけれど、今この街は、咲子さんの第二の人生の舞台となり始めていた。

＊　＊　＊

そして、『魔釣り』三日目になる土曜日――。

この日、凜子さんはようやくにぬきを出動させ、上村ビルの一階のカフェと二階のステーキハウスの『魔釣り』をした。

この二フロアは大掃除レベルで片づけることができた。それでも早朝から夜まで何時間もかかっている。

にぬきがいたので、どこに魔物がはびこっているのか、どこをどう封じたらいいのかがよくわかり、この日、凜子さんはあまり体力を消耗せず『魔釣り』を行えた。

そして翌日、四日目——。

日曜日は上村ビル内、ヴィラージュ・ホテルの三階と四階を魔釣った。

ここも、二日目にあの八坂の塔が見える高台の魔界の蓋を閉じた時の大変さと比べると、困難ではなかった。

おそらく前日に、上村ビルの一階と二階に強力な結界を張ったので、ビル全体の魔界の力が弱まっているのだろう。


さらに週が明けて、月曜日——。

今日で魔釣りは完了の予定だ。

今夜、新月となる。新月の瞬間は十七時二十六分。

天照大御神の光がまったく届かなくなる時だ。これよりも前に、すべてを終了しなければいけない。これは時間との闘いになりそうだ。

最後の『魔釣り』に魔物たちがどう抗ってくるかは読めない。凜子さんは朝からずっと、厳しい表情をしていた。

最後の大仕事の場は、ヴィラージュ・ホテルの五階と地下だ。

一番の問題は、リビング中央にバスタブを設置した五階だ。このバスタブが高丸屋デパートのお稲荷さんの鏡の光を遮り、例の雑木林の高台にある魔界の蓋を開けてしまった根本的な原因だ。恐らく魔物は今、行き場を失い、ヴィラージュ・ホテルの五階に溜まっていると凜子さんは考えた。

一方、地下は地底に埋め込まれている分、魔物に逃げ場はない。どちらのフロアを先に取りかかるかが問題だった。順番を間違えると失敗する。

まず、凜子さんはにぬきを連れて、五階と地下をそれぞれ歩いて回った。

五階では吠えまくっていたにぬきが、地下へ行くとピタッと動かなくなり、吠えることもなくなる。それどころかブルブル震えだす。

「にぬちゃん、どうしたの？　ここ、かなり嫌な感じがするのね？」

咲子さんが言うと、にぬきが飛びついてきた。いつも陽気なもふもふ犬は、もう下におりようとはしなかった。それを見て、凜子さんの気持ちが決まった。

「どうやら地下が最後みたいやな。まずは、五階の『魔釣り』から始めるわ」

咲子さんは、五階のスイートルームの隅々に伽羅の香を焚き、お酒と御塩と水を供えた。窓は閉め切る。ここへきて咲子さんの手際はどんどん良くなっている。彼女は一言えば十理解してしまう優秀な人材だった。

時は、午前六時四十五分。

京の街は、久しぶりに朝日で満たされている。

凜子さんは、高丸屋デパート屋上のお稲荷さんに向かい、両手をしっかり組み、お祈りを始めた。口中で何やら呟きだす。

お稲荷様と通信しているようだ。時折うなずいたり、頭を下げたりしている。それが四十分ほど続いた後、ようやく凜子さんは部屋の中央に立った。そこは大理石のバスタブの真北にあたる。

『魔釣り』は、三階と四階の部屋を清めた時と同じだ。

いつものように凜子さんは、ありとあらゆる方向に両腕を突き出して力を送っていた。それが終わると左手の人差し指で、大きな円を描いたり、そこに細かな模様を足したりする動作を繰り返す。その円は壁に向けられたり、天井に向けられたり、最後はバスタブそのものに描かれたりしていた。

何時間もその作業が続く。正午を過ぎても凜子さんは同じ動作を繰り返していた。途中、何種類ものお経を唱えたり九字を切ったり、密教の要素のあるお祓いもしていた。午後二時を回ると、せっかく久しぶりの晴天だったのに、また京の街に暗雲がたちこめてきた。邪魔が入りだす兆候（サイン）だ。それを浄化しようと雨が降る。

凜子さんは、あきらかに疲れ果てていた。顔色が悪く、唇が乾いている。

普通だったらこういう時は、何か飲んだり食べたり、栄養補給をしてもらいたいのだが、凜子さんは口の中が汚れることを嫌う。神様の力をお借りして魔物退治をしているので、自分の身もずっと清まった状態をキープしたいがため、簡単に飲食物はとらない。お手洗いにも行かない。お手洗い自体が不浄の場だからだ。

フラフラにもかかわらず、凜子さんは最後の力を振りしぼるように、大理石のバスタブに向け、両腕を強く押しだしていく。両指はすべて大きく開いている。そしてまた左の人差し指で円を描き、細かな飾りを描いていく……。

と、その時だった。

「ぎゃあっ!!」

悲鳴とともに、凜子さんが大きな音を立てて尻餅をついた。

誰が押したわけでもなく、自分で倒れた訳でもない。咲子さんの目にはあきらかに何かによって突き飛ばされたみたいに見えた。

「せ、先生っ、大丈夫ですかっ！」

咲子さんとにぬきが駆け寄る。

凜子さんは強打したお尻の痛みにしばらく動けず、体を丸めて苦しんでいた。

「ったくもう……何やねんな、痛いやんかっ！　もう絶対に許さへんっ！」

凜子さんは高音の可愛い声でキレると、またすぐ起き上がり、バスタブに向けて同じことをした。円を描き、そこに細かな飾りを描いていく。

「見て、咲子さん、これ魔法円やから。結界を張るための円なんよ。わたし、今日はそこに密教の曼陀羅を描いていくわ。これ、めっちゃくちゃ難しいねんよ」

珍しくそんなことを教えてくれながら、細やかかつ正確な模様を埋め込んでいる。

「ああ、もう残念すぎるわ！　これって咲子さんには透明で見えへんかもしれないけど、今日のわたし、なんかめっちゃいい緻密な曼陀羅が描けてんねん！　ああ、見える人には見えるねんけどなあ……っていうか、誰か褒めて！　これひょっとして、わたし史上最高の出来の曼陀羅の魔法円ちゃうやろかっ！」

しゃべり続けることで、パワーを切らさないようにしている凜子さんは、描いて描いて描きまくっている。その様を見ている咲子さんには模様が見えないけれど、確かにものすごい作品がそこに生まれているのはわかった。

「ああもうっ！　いややーーっ、指痛いーーっ！」

最後に凜子さんが叫んだ。

次の瞬間、にぬきが「ヴゥー、ワンッ！」と、高らかに吠えた。

「終わったーー！」

凜子さんが叫ぶと、にぬきも明らかに笑顔になった。ワンちゃんも笑うのだ。

「にぬき、もうここええやんな？　めっちゃスッキリしたよな？」

凜子さんがきくと、にぬきは元気にスイートルームのあちこちを走り回った。

どうやら結界が無事張られて、この場所は正常になったようだ。

「凜子先生、お疲れ様。どうかしばらく休んでくださいね。休憩しましょう」

咲子さんが、凜子さんに冷えた富士のミネラルウォーターを手渡す。

「ありがとう、咲子さん。で、今、何時？」

「えっと……二時四十二分ですね」

「ああ……やっぱり五階は結構、手ごわかったな……時間かかってもぉた。朔まであと三時間しかない……これは、急がなあかんやつや。これ間に合わへんかったら、今までしたことが、全部水の泡になってしまうわ……。ここまで頑張ってきたんやから、最後のひと山、なんとか越えなあかんわ」

凜子さんは肩で息をしながら立ち上がろうとする。いつもだったら、ここで三十分ほど横になるはずなのだが……。

「凜子先生……まず力をためないと……あの、これ、召し上がって下さい」

咲子さんは高級半紙にくるまれた包みを開け、小さく丸めた餅菓子のようなものを凜子さんに勧めた。

「いや、食べたいのはやまやまやけど、口が汚れるから食べんのやめとくわ。全部終わってからの楽しみに取っとくわ。ああ……でも、おいしそう」

「これご存じでしょう？　先生は京都生まれの、京都育ちじゃないですか」

「あれ、言わへんかったっけ？　わたし、生まれは兵庫の芦屋（あしや）なんよ。京都に住みだしたのは大学卒業してからやねん」

「え？　そうなんですか？　あ、でも今はそこ問題じゃないですから。はい、これ」

　咲子さんは、和菓子を引っ込めなかった。

「ん？　何だっけ……これ……？」

「先生、これは下鴨神社の『申餅』です。小豆の茹で汁でついたお餅です。このお餅の色は明け方の空が薄あかね色に染まる様子で、命の生まれる瞬間なんです」

「ああ……そう言われてみると、そうか？　下鴨さんの申餅ね……。久しぶり過ぎて、すっかり忘れとったなぁ」

「これは食べることで身体を清め、元気の気を頂けるそうなので、こういう時こそ召し上がって大丈夫です。下鴨神社様から、お力を頂きましょう」

　咲子さんは、力説した。

「咲子さんって、ホンマ気ぃ回るよね……すごい助手さんやわ……住菱地所が優良企業だった意味がよぉわかる。っていうか、逆に今、社長さんめっちゃ困ってるんちゃうの？」

「いえいえ、そんなことないです、社長は大丈夫です」

「いや、でもいつの間に、申餅なんて買いに行ったん？」

「ええ。今朝、上村佃煮店の女将さんに買ってきて頂いたんです。できたてほやほやじゃないと御神気が逃げてしまうから。無理言ってお願いしました」

「咲子さん……あんたものすごく頭いいよね？　先、先、読んどぉみたい？」

「とにかく栄養補給してください。絶対、効果がありますから。これ、一種のお清めですよ」

咲子さんがそう言うと、凜子さんは初めて、『魔釣り』中にもかかわらず、ものを口に入れた。

「わあ、これ……上品な甘さ……おいしさが体に染みてくるわ……これやったら、百個くらい食べられそう……なんで忘れてたんやろう……ついつい今宮さんのあぶり餅ばっかり食べてたけど、下鴨さんにもすごいパワーフードあったんや……ああ、なんかわたし今、すごいパワーチャージしとぉわ。これは日を改めて下鴨様に御礼のご挨拶に行かなあかんな……」

その言葉通り、凜子さんの顔色がすっかり良くなっていた。

「よかったです」

凜子さんが元気を取り戻す姿を見て、咲子さんも心底ほっとする。

「じゃあ、善は急げや！　地下に行こ！　わたし、この勢いのまま『魔釣り』の仕上げにかかるわ」

凜子さんはそう言うとエレベーターに飛び乗り、一気に地階へと降りて行った。

そして、地下の扉が開くと……。

「うわっ生臭っ！　もぉここっ！　どうなってんねんなっ!?」

いきなり凛子さんが顔をしかめた。鼻と口を、手で覆っている。

「ねえ咲子さん、臭いわかる？　もうここ、吐きそうなくらい臭いねんけど」

「あ……ちょっと、わかります……気持ち悪い……なんか……下水のヘドロがたまったような臭いですよね……？　さっきはこんなんじゃなかったのに……」

「咲子さんにも、わかるよね。それプラス、このフロア……足の踏み場もないくらい……あ、ごめん、気持ち悪いけど言うてもいい？」

どうやら地下は魔物や描写するのも憚(はばか)られるおぞましい物体でぎっちりのようだった。

「いや、だめ、言わないで下さい。それ言われると、私、動きが鈍くなるから……絶対やめて！」

咲子さんは厳しく拒否した。

「ええよなぁ……咲子さんは見えへんくって……。でも、ちょっとだけ言わせて？　わたしだけ見えてるのってなんかちょっと嫌やん。あのさ、中央の天井に縦二メートル、横一メートルくらいのヌラ――ッとした目が……」

「ああああっ、だめだめっ！　やめてっ!!　ノー！　プリーズッ！」

咲子さんは途中から英語になる。かなり動揺しているようだ。

「凜子先生、ほら、朔の時間まで三時間切ってるんですから、お酒、御塩、水、お香のセットしますね！」

優秀な助手は見えないものは見えないままを熱望し、準備を始めた。

凜子さんはにぬきが吠えるフロアの中央に行き、そこにチョークで大きな魔法円を描いた。何の下書きもないのに、きっちり正確な円を描く。可視化させた魔法円を見るのは、咲子さんは初めてだった。

凜子さんは魔法円の中に例のあの五芒星をまた正確に描き、再び木火土金水の大地の神々様に降りてきて頂くため、星の先を御塩と香で浄化し、清酒と水をささげた。

そしてなんと、今回は自らが五芒星の中央に座り、お祓いを始めた。

いつものように両腕を差し出し、部屋のあちこちに気を送り始める。送った先に左手の人差し指で大きな円を描き、その中にまた細かな絵柄を入れて、ポンッととばしたりしている。

その様子を、咲子さんは部屋の隅で見守っていた。

凜子さんが左の人差し指を使うのは、利き手ではないほうがより清涼なお祓いができるからだそうだ。利き手の指だとつい邪念が入ってしまうらしい。

伽羅の香は本来、とても神々しい香りだが、それに時々、何とも言えない腐ったような臭いが混ざることがあった。

咲子さんは見えない人だが味や匂いには敏感なので、地下で『魔釣り』が行われている間、伽羅がいい香りをさせている時は凜子さんが優勢、腐った臭いが混じる時は魔物が優勢と感じていた。

座って祈禱を続けていた凜子さんだが、ある時立ち上がり、天井を支えるかのごとく、両腕を強く上にあげていた。凜子さんの額から、一瞬にして、汗がぽたぽたふきだしているのを目の当たりにした。

かと思えば、誰も何もしていないのに、凜子さんは五芒星の外に押し出され、倒れてしまったりする。

「あっ、凜子先生っ！」

咲子さんはつい、駆け寄ってしまう。

「大丈夫、大丈夫やからさわらんといて。咲子さんまでやられてしまうから。魔物はもう逃げ場がなくて、暴れまくってんのよ。このくらい、どうってことないからね。あっ、それより咲子さん、朔の時間まであとどれくらいある？」

凜子さんは焦っていた。

時は十七時十三分。朔は十七時二十六分だ。

「ええ……どうしよう……あと十三分しかないですっ」

咲子さんの声が震えた。

「しまった、忘れとった！　ほらあれ、咲子さん、ちょっと頼まれてっ！」

「ええ、何でもおっしゃってください！」

「昨夜、海水を入れてきたペットボトルあるやん？　それをこの地下フロアの隅から隅まで、壁に沿ってきっちり撒（ま）いて」

凛子さんと咲子さんは、昨日の『魔釣り』の後、夜中じゅうミニを走らせ、往復十時間かけて出雲大社に行っていた。

出雲大社とは旧暦の十月十日、神無月（かんなづき）に、全国八百万（やおよろず）の神々が集う最高の斎庭（ゆにわ）だ。ゆえに出雲ではこの『神無月』を『神在月（かみありづき）』と呼ぶほどだ。

二人はその出雲大社近くの稲佐（いなさ）の浜へ行き、出雲の大神様にお願いして二リットルのペットボトル十本に、神聖な海水を頂戴してきた。

八百万の神々は稲佐の浜からやってくる。これ以上ない除霊効果がこの海水には含まれていた。

「隅から隅まで撒き残しのないよう、丁寧に撒いて欲しいねん。それから一本、わたしにもちょうだい！」

凛子さんは、稲佐の浜でお授けしてもらった海水のペットボトルを手に取ると、それを自分の頭から浴び、口にも含んだ。そして、また五芒星の中へと入っていく。

凜子さんは立ち上がったまま、鬼の形相で両腕を伸ばし、何かを手の先から出していた。時間との戦いだ。咲子さんは地下の部屋の壁沿いに海水を撒き続ける。にぬきは決して魔法円の中には入らない。そこが恐ろしい場所と知っているのだ。

「よ――しっ！　よ――しっ！　よ――しっ！」

凜子さんが両腕を伸ばし、指を大きく広げながら声を出し始めた。何かを点検しながら封じ込めているように見える。

「よ――しっ!!　よ――しっ!!　よ――――しっ!!」

その声はどんどん大きくなる。

凜子さんはまた海水を浴びた。

次の瞬間、五芒星の先に置いてある盛り塩の皿が、カタカタ揺れ始めた。今にもひっくり返りそうだ。

凜子さんが両腕をフロアと平行に保った。手の平は下に向けている。静かに深い息を吐いているのがわかる。盛り塩の皿はもうぴくりとも動かない。

何かを沈めているのがわかる。

咲子さんはその時初めて、凜子さんの手から生まれる、円くて大きくて真っ白いレースのようなものがフロアをふさいでいくのを見た。そのレースには見事な曼陀羅が描き込まれている。芸術だった。咲子さんは驚きすぎて、海水の入ったペットボトルをフロアに落としてしまったほどだ。

その次の瞬間、

「完っ!!」

凜子さんは叫ぶと、その場にへたへたっと座り込んだ。

しかしすぐに正座しなおすと、五方向にいらっしゃる大地の神々に、深く頭を下げ、お礼を言っている。咲子さんも一緒に正座し、頭を下げた。

よろよろと五芒星の外に出た凜子さんは、今度こそフロアに倒れ込んだ。今回はとうとう気絶している。

十七時二十五分。朔の一分前、魔釣り——完了。


十月、神無月がやってきた。

京都が一番京都らしく輝く季節で、街は観光客でいっぱいだ。

「えっと、じゃあ今日は蒸し鶏とカシューナッツのマスタード和え二百グラムと、洋風おからさん二百グラムと、切干大根とイワシのハンバーグ二枚もらおうかなあ、って、わたし、食べすぎ?」

夕日に照らされた河原町の大通りからちょっと入ったところの上村佃煮店前で、凜子さんはおばんざいを買っていた。

リードにつながれたにぬきは、おとなしくしている。このコは本当にお行儀がいい。

「凜子先生、やはり今日も串カツ……売り切れですね……」

後ろに並んでいる咲子さんは、小声で言った。

「もう五時過ぎてるもん、しょうがないわ」

凜子さんもがっかりだ。

「凜子さん、毎度おおきに。蒸し鶏、おからさん、切干大根にイワシのハンバーグ、はいってますし」

店頭の若いお兄さんが、白いプラスチックの手提げ袋をカウンター越しに凜子さんに手渡した。黒地に白で『祭』と書かれたTシャツを着ている。祭ときくと一瞬ギクリとするが、店内には北島サブちゃんの『まつり』が流れている。そっちの『まつり』か。若いのにサブちゃんファンとは、なかなかやる。

もらった袋の中は、ほかほかだ。特に一番上に置かれた白い紙袋は熱々だ。

それに気づいた凜子さんに、お兄さんがウィンクする。

「はい、おまっとうさんでした。次のお姉さん、何さしてもらいましょ」

お姉さんと呼ばれても、自己肯定感の低い咲子さんは、誰のことかと後ろを振り返ってしまう。しかし後ろにいたのは、ゴツイ体育会系の男子学生さんだ。

「えっと、じゃあ私は、黒豆のおこわ二百グラムと、さきいかとヒジキの和え物百グラム、それと凜子先生の真似して、蒸し鶏とカシューナッツのマスタード和え二百にしようかな？　ああ、どれもおいしそう」

ニコニコしながら、咲子さんもおばんざいを選んでいる。

彼女は、元はかなり真面目な主婦だったので、実はなんでもお料理はできるのだが、今は日々、京のおいしいご馳走を楽しんでいる。

曲はいつのまにか『まつり』から、『函館の女』に変わっていた。

咲子さんの頭の中では『は〜るばるきたぜ御所南〜〜』という替え歌が、勝手にリフレインしている。

「はい、お姉さん。いつもおおきに」

店のお兄さんはまた、白のプラスチックの手提げ袋を、カウンター越しに咲子さんに渡した。一番上にのっている白い紙袋の中身は、なぜかやはり熱々だ。

「あれ……？　これ、何たのんだっけ……？　こんなに熱々って……？」

咲子さんが呟くと、お兄さんは咲子さんにもウィンクをした。

「お兄さん、ありがとう。女将さんによろしく言うといて」

帰り際、凜子さんはそう言うと、上村佃煮店を後にした。

「ねえ咲子さん、鴨川に降りてこれ、熱いうちに食べよぉよ？」

凜子さんが言うと、咲子さんが、え？　という顔になる。

今日はそれぞれ家に帰って、別々にお食事をするはずだったが……。

「ふふ……咲子さん、袋の一番上にのってるやつ、串カツやん。多分牛串二本ずつ、入っとぉわ、サービスやな。あんたの袋にも入ってるやろ。わたしたち死ぬまで串カツに困らん生活ができるんかもなぁ……ええこっちゃやなぁ……」

凜子さんは嬉しそうに、河原へと歩いて行く。

「え？　先生、なに？　それ、霊視で見たんですか？」

「霊視ちゃうよ。なんで霊視なん？　この袋のいかにも揚げたての熱々加減と、上等なお肉の香りから、中身は牛かもしれへんなぁって思うやんか。わたしだって年がら年中、見てるわけちゃうし」

凜子さんはかなり不本意そうだが、咲子さんは大笑いしてしまう。

どうやら上村佃煮店は、もう大丈夫そう。

上村ビルのカフェもステーキハウスも、いつも満席。

素敵なヴィラージュ・ホテルは、今やなかなか予約が取れないほど、人気が戻っています。

第二話

夜の石屋（ナイト・ジュエラー）

カサブランカで朝食を

モロッコの五つ星ホテル『ソフィテル・カサブランカ・トゥール・ブランシュ』。その高層階、白亜のホテルから見える景色は、カサブランカの街と碧く輝く空を突き刺すようにそびえるモスク・ハッサンII。

ホテルのバルコニーで遅めの朝食をとっているのは、フランスのおしゃれマダム。素敵な旦那様は今、シャワーを浴びているところ……。

まだ十代のボーイさんが、バルコニーにコーヒーを運ぶ。褐色の肌に、つばのないえんじ色の円錐形トルコ帽をちょこんとかぶっている。カルダモン、胡椒、ナツメグ、シナモン、ジンジャーなどのスパイスが香る、この北アフリカの大地モロッコならではのエキゾチックなコーヒーだ。

「思いきって休みをとってよかったわぁ……金曜の晩に関空でて、土曜、日曜で月曜はスポーツの日でお休み。その翌日は烏丸大学の創立記念日でまたお休み、そしてその翌日は学園祭でまたまたお休み……たった五日そこそこの旅やけど、今のわたしには気分転換が必要やったわ……」

二ノ前凛子教授は、エマニエル夫人が座るような籐の椅子に深く腰かけ、朝食に何を食べようか考えていた。

「マダムは……モロッコのパンケーキ、ムスンメンをたのんでんなぁ。あれにバターとハチミツをたっぷりつけるんか……」

日焼けした肌に、黄色みがかったイタリアン・ゴールドのネックレスがよく似合うマダムは、おそらくパリから来たのだろう。胸の大きく開いた黒のノースリーブドレスを体のラインに沿わせてエレガントだ。

マダムのムスンメンの横に、ベルベル・オムレツが運ばれる。できたて熱々、湯気がたっている。具はトマトにスライスされたジャガイモ。そこからもほんのりスパイスの香りが立ちのぼる。やはり熱いアフリカの大地だ。この土地で人が快適に生きるために、香辛料文化は飛躍的に発展した。

「せやったら、わたしも同じものをたのもうかな……あ、でもちょっと待って、天豆のスープ、ビサーラも捨てがたいな。疲れた体にはあったかいスープもいるわなぁ」

割と優柔不断な凛子さんは、テーブルの上のメニューから目が離せない。

と、その時だった。

「ハイ、オジカンデス。カエリマショウ……カエリマショウ……」

「ヘイ、Siri」とも言ってないのに突然、凜子さんの腕のスマートウォッチがしゃべりだした。

「え？　なんで？　まだ来たばっかりやんか」

凜子さんは普通に返事をしている。

「イノチノキケン……イノチノキケン……」

Siriは訴え続ける。

「大丈夫やってば……最近わたし、ひと所に留まっとくことくらいできるようになったんやから……」

留まっとくもなにも、凜子さんは来週水曜日まで秋のバケーションを楽しむはずだったのではないだろうか？

「ピーポー　ピーポー　ピーポー　ピーポー　ピーポー」

Siriはまるで、ウルトラマンの胸のカラータイマーが点滅する時に鳴るような警告音を鳴らし始めた。

「シーちゃん、だからさ、わたし今来たばかりなんやって。せめてベルベル・オムレツを食べんと帰られへんって」

シーちゃんとは、どうもSiriのことのようだ。

その時、ピンポーンとけたたましくチャイムが鳴った。ドンドンドンドン、と扉を叩く音もする。ガチャガチャガチャ……キイッ……。ホテルの部屋に誰か入ってくる。メイドさんにしては荒々しい足音だ。

「ああもう、やっぱり！　凜子先生、起きて下さいっ、大丈夫ですかっ？　今夜はステーキハウスに行くんですよね？　あっ、白目むいてるっ！　先生──っ、しっかりして下さいっ！」

声をかけたのは、京都烏丸大学民俗学教授・一凜子さんの助手を務める、富士宮咲子さんだ。

元旦那である年下坊ちゃんに搾取されるだけ搾取され、姑にいびり倒され、旦那の愛人に恨まれ呪われ、とうとう離婚して東京から京都へ引っ越し、今、凜子さんのいる烏丸大学の学生課で働き出して（こちらが本業）、ひと月ちょっとが経っていた。

凜子さんは、その声でやっと目が覚め、飛び起きた。

「プハ────ッ！」

いきなり大きく息を吐き、胸を押さえて苦しそうだ。

まるでプールで溺れていた人が、陸に引き上げられたかのようだ。

「ああもう、まったく……先生、もしかしてまた幽体離脱したんですか!?」

咲子さんが声をかけても、凜子さんはあまりの苦しみに返事をすることができない。

荒い息を落ち着かせようと必死だ。時々、ゲホゲホむせている。

「あの、いったいどこに行ってらしたんですか？」

凜子先生の部屋のカッコー時計は、午後五時を告げている。

ちなみに本日は土曜日。大学は休みだ。

「シヌトコダッタ……シヌトコダッタ……」

Siriが咲子さんに告げている。

「凜子先生、幽体離脱は三分までですよね？　それ以上フラフラ彷徨（さまよ）っていると、もう肉体に戻れないんですよ？　それ、先生が自分で言ってたことじゃありませんか」

「はい……わかってるって……でも一旦身体からぬけると、もう楽しくって嬉しくって、どっちがほんまの世界なんか分からんようになんのよ……だから咲子さんに合鍵渡して、五時にここに迎えに来てねってお願いしてんねん。でもわたし今回、マジで危なかった……」

「そういうこと、やめてくれませんか!?」

いつも優しくて落ち着きのある咲子さんが、猛烈に怒っている。

「ホンマや……ごめんごめん……わたし今、モロッコの食の歴史をたどっててさ、どうしても現地に行かな分からんことってあるやんか……」

「いや、凜子先生、それ現地じゃないから」

「ううん、咲子さん、一応、現地なんやって。ほら、日本は午後五時やん？　日本とモロッコの時差は八時間。で、あっちは今、午前九時。ちょっと遅めのブレックファストを、セレブなパリの奥様が楽しんでいる時間なんよ」

「あの、はっきり言わせて頂きますが、三分しかいられない現地なんて意味ないですから。命と引き換えにするほどのものじゃないでしょう？　それだったらグーグルのストリートビュー見てたほうがいいんじゃないですか？」

「ストリートビューからは、その場の匂いとか雰囲気がつかみにくいし」

「いや、つかまなくていいですから。ああもう……何だろう……この人は……」

咲子さんは時々、大尊敬する命の恩人の凜子さんがわからなくなる。

「わかりました。あの、それでしたら、今夜はステーキハウスはやめて、河原町のモロッコ料理屋さん『ラ・カスバ』に行きましょうか？」

優秀な助手は怒りをしずめ、すぐに代替案を考えてくれる。

「『ラ・カスバ』か……ええわぁ……わたし、あそこのタジン鍋、好きやねん……野菜たっぷり、ビーフたっぷり……色々めっちゃ入ってんねん。しかもそのビーフは圧力釜で煮こんでるんちゃうかと思うほど、やわらかくておいしいねんなぁ……」

ようやく普通に息ができるようになった凜子さんは、タジン鍋のことを考え、しばしうっとりしている。

「あっしまった。咲子さん、ゴメン……実はわたし、今日のお昼『ラ・カスバ』でチキン・クスクス・ランチを食べてきたんやったわ」

「それで、モロッコに行きたくなっちゃったってわけですか？」

「それはちゃうねん、元々わたし、モロッコの食文化を調べてたから……ちょっと幽体離脱してみようかなって……やっぱり、現地に行ってみないと、わからないことってあるから」

「いや、ですから先生、現地って言うの、やめてくれませんかっ？」

咲子さんは頭を抱えてしまう。凜子さんを一人にするのは危険すぎる。何をしでかすかわからないところがある。

「では凜子先生、今夜は予定通りステーキハウスに行きましょう。薪で焼く分厚〜いお肉ですよ。先生お肉、好きですよね？」

「了解で――す。じゃあわたし、準備するから。咲子さん、そこのマッサージチェアに座って待ってて？」

しかし、ご指定の高級黒革マッサージチェアの上には、アマゾン未開封箱やら、アマゾン未開封箱やら、アマゾン未開封箱などが積み上げられていた。

咲子さんは部屋のあちこちに転がっている空の段ボールに目をやると、まずそれらを次々畳んでいき、梱包（こんぽう）用のヒモを掘り出してくると、合計七つの空箱を束ね、玄関前の廊下に置いた。ここに置いておけば、すぐに資源回収所に持っていける。

たったそれだけで部屋がかなり、いや相当スッキリした。そして、その空いたスペースに未開封のアマゾン箱三つを重ねておいた。

ブイーン……ブイーン……ブイーン……ブイーン……。

咲子さんはちょっとだけお掃除できて、かなり気分よくマッサージチェアに横たわっていた。

「あ……気持ちいい……首が……肩が……腰が……ふくらはぎが……ちょうどいい圧力が加わっている……。確かにこれ、優秀だわ……」

咲子さんは、すぐに超リラックスモードだ。

そして改めて、このとんでもなくだだっぴろい——すべての間仕切りを除いた寝室兼リビング・ダイニング・キッチンを見渡すと……フロアにはまだお寿司屋さんやピザ屋さんのメニューが散乱している。ゴミ箱には傘と竹製の長いものさしがつっこまれ、付箋のはられた新刊コミックスが大切そうに、部屋の中央のトーテムポールの根元に置かれている。……お供えか？　洋服は一週間分ほど、すべて脱ぎっぱなし。スリッパは犬にでも噛み砕かれたのかボロボロだ。

「ああ……気になる……もうだめ」

咲子さんのリラックスタイムは二分で終わった。まず食品系のメニューを拾い集めると、テレビ台の下にあるミニ本棚のようなスペースにまとめて立てた。これならすぐ必要な時に取り出せる。ゴミ箱につっこんである傘は玄関に、ものさしは仕事机の脇に置く。トーテムポールの根元の新刊コミックスはそのまま。もしかして深い意味があるのかもしれない（しかし、たぶん、ない）。噛み砕かれてボロボロであってもスリッパはスリッパ。玄関のスリッパ・ラックにかけておく。洋服類は一枚一枚キチンと畳んで、何が何なのか瞬時に判断できるようソファの端に重ねた。散乱する本もひとまとめ。ティーカップ三客とケーキ皿数枚は、シンクに運ぶと即、洗った。

徐々にフロアがすっきりしていくと、先ほどまで凜子さんが寝ていたベッドの周りに、何かキラキラしたものが散らばっているのがわかった。咲子さんは一瞬、見間違いではないかと思った。

キラキラは、いつも凜子さんが大切にしているはずのパワーストーンだ。それが、ばらばらとあちこちにまかれている。咲子さんは、これは大変とばかりにフロアに這いつくばると、すぐにパワーストーンを拾い集めた。

六月生まれの凜子さんのブレスレットには、誕生石のムーンストーン、ゴールドシトリン、プラス四神である玄武、青龍、朱雀（すざく）、白虎が彫られている魔除けの水晶玉が使われていたはずだ。

咲子さんはベッド周りから離れて、テーブルの下だの椅子の下だの、マッサージチェアの周りだのをくまなくさがした。でもどう考えても全部揃わないので、大画面テレビの横にあるルンバを睨んだ。

「あれだわ……ぜったい、あそこに入っている……」

咲子さんはハイグレード・ルンバに近寄ると、すぐにそのダスト容器を取り外し、ぎっしりつまっているほわほわの毛を容器の外に取り出した。

「ああ、なんてこと……青龍さんに朱雀さん……こんなところに入っちゃってる……申し訳ありません……」

咲子さんは凜子さんの代わりに、四神のうちの二神に謝った。そして、それらをティッシュで磨いておく。

するとどこからか、カリカリカリカリ音がした。見るとすりガラスの向こうの廊下に、モフモフ犬のシルエットが浮かび上がる。

「にぬちゃん、そこにいたのね。なんか今日は静かだと思ってた」

にぬちゃんとは凜子さんの愛犬、フランス原産のビション・フリーゼ。由緒正しきワンちゃんだ。名前はにぬき。関西で言うところのゆで卵という意味だ。

咲子さんが扉を開けると、にぬきが嬉しそうに部屋へ入ってきた。が、すぐにルンバのダスト容器から出された、自分のほわほわの毛溜まりを見つけると、怪訝そうにその匂いを嗅いでいた。嗅ぐだけじゃ気がすまないのか、毛溜まりを手でぎゅっぎゅっと押すと、今度はそこからコロコロッとムーンストーン二つが出てきた。

グッジョブ……。

「さすがね……にぬちゃん……あなた、なんて賢いの」

咲子さんはモフモフ犬をぎゅっと抱きしめ、頭をなでる。

「お待たせ――。さあ、ステーキハウス行こう、お肉やお肉っ！」

ようやく、ウォークイン・クローゼットから出てきた凜子さんは、お気に入りブランド、アーツ&サイエンスのデニム・ワイドシャツジャケットに、同生地のハーフパンツを合わせ、週末気分全開だったが……。

「うえええええっ！　いったい、どうしたんやっ！」

咲子さんが集めたパワーストーンを見て大ショックを受けている、と思ったが。

「ここ、どこやんっ!?　天国っ!?　なんでこんなに綺麗なんっ!?　咲子さんあんた、魔法使ったんっ!?」

ああ……そっち……。凜子さんはバラバラになったパワーストーン・ブレスレットより、片づいた部屋に驚愕(きょうがく)していた。

「あの、凜子先生……私、差し出がましいことを、すみません……マッサージチェアの上のアマゾン箱を移動するために、ちょっとスペースがほしくて」

「咲子さん……わたし……こんなにスッキリと片づいて綺麗になった自分の部屋、見たことないねん……あ、やだ泣けてくる」

いやまだぜんぜん片づいてないから、と、咲子さんは心でツッコんだ。とりあえず今日はここまでにしておいたが、いつか徹底的にこの部屋を大掃除をさせてもらいたいと燃えている。

「で、先生……ブレスレット……ゴムが切れてしまってますけど」

咲子さんは、回収してきたパワーストーンを凜子さんに見せた。

「わたし、やってしもてんな……？」

部屋がきれいになった時ほどのショックは見られない。

「ええ……凜子先生、やってしもたみたいです。やっぱり現地に行くって、それなりのリスクがあるんじゃないですか？」

ここにきて初めて、咲子さんに京言葉が伝染っていた。

「あかんなあ……どうしよう……咲子さん、お肉食べに行く前に、石屋さんに寄ってもいい？　このブレスレット、早よ直してもらわな……」

「石屋さん、ですか……？　それって、どこにあるんですか？」

「新京極。ちょうど日が暮れるから、開店してるんちゃうかな」

「え？　日が暮れてから開店……？　それにしても新京極！　懐かし〜い！　中学の修学旅行で自由行動したところです！　私、お土産に匂い袋買ったわ」

京都に来てひと月以上経つのに、まだ新京極すら訪れていない働き者の咲子さんなのだった。

＊　＊　＊

四条通までタクシーを飛ばし、そこから新京極商店街のアーケードを歩いてゆく。可哀そうだけど、にぬきはお留守番だ。

咲子さんはわくわくしながら、商店街の店一つ一つを眺めている。途中、和モノ雑貨屋さんでまた匂い袋を買った。子供の頃のいい思い出は、いつまでも色褪せない。

凜子さんは途中、こっちええ？　と言って、アーケードからはずれて路地裏を進み、木彫りの小さな看板が掛けられた扉の前で立ち止まった。四十センチ×十五センチくらいの黒檀（こくたん）に『夜の石屋（ナイト・ジュエラー）』と彫られている。扉はごっつい鉄製で、人ひとり通るのがやっとの幅だ。高さも低い。頭をぶつけないように気をつけないといけない。窓はなくコンクリートで塗り固められていて、通りすがりの人は、誰もそこが店だとは思わないだろう。

凜子さんが、その重たい扉をギイッと開けると、中は意外に広くて——といってもせいぜい六畳くらいだが——そこに女子高生みたいなコたちが、ぎっしりと入っている。部屋のガラスケースには、色々な石が収まっている。一粒単位で売っているようだ。

　天井からは、裸電球がゆらゆらと一個下りているだけ。窓のない部屋は若い女の子の熱気であふれ返っていた。

「ねぇねぇセーヤさん！　ワタシ、もっと自分に自信が持てるようになりたいんよ。あと、男子としゃべる時も、ちゃんと言いたいことが言えるようになりたいっ」

　奥のカウンターに座っているのは、二十代後半？　の男性。彼が店主らしく、可愛い女子高生の話を聞いてあげている。

　背が高く、ものすごくスリムで、髪が漆黒のロング。肩下までありツヤツヤしている。切れ長の目は、瞳が時々緑に光る。カラコンでも入れているのだろうか？　真っ白なTシャツに水色のリーバイス。ただそれだけの恰好なのに、えらい人目を引く。

「うん、だいたいわかる……」

　そう言って、男性は女子高生の目をじっと見て、二十秒ほど考えていた。

　そして、カウンターの上に開いた小さなスケッチブックに、4Bの鉛筆でブレスレットの絵を描いていく。そのブレスレットに何の石が使われるかも、さらさらと描いている。どうやら青年は一人一人をカウンセリングし、お客様に合ったパワーストーンのブレスレットを制作しているようだ。

「凜子先生……ここ、すごく人気なんですね。なんか時間がかかりそうですね？」

その時だった、凜子さんがぐぐっと背伸びをして、店の男性をじっと見た。

すると男性も凜子さんに気がつく。

二人は今、目で合図した……ような……？

――凜子、ブレスレット壊したんちゃうやろな？

――わるい……ちょっと幽体離脱してもた。

――もう、ええかげんにしよし、オレのブレスレットに負荷かけんのやめたって。

――うん、ホンマ、ゴメン……そんなつもりじゃないねんけどさ……。

――あんたのブレスレット、いちいちめんどくさいねん。

咲子さんは、二人のヘンな雰囲気を察していた。

恐らく凜子さんと男性は、お互い脳内で話している。目の動きで二人が話しているのがわかる……ような気がする。

「はい、次の方。おねえさんはどんなブレスレットがご希望でしょ？」

青年は何事もなかったかのように、極めて優しい口調で次のコのオーダーを取り始めた。

「あのね、セーヤさん。ワタシ今、隣のクラスに好きな人がいて。絶対、この恋を実らせたいんよ！」

別に努力などしなくても余裕で恋が実るような、可愛い顔をした女子高生だった。

淡い色の髪はふんわりカールされ、目はまん丸ぱっちり、まつげはエクステしている
ように長くてふさふさ。色白な肌に、唇はリップもぬってないのに綺麗なピンク色だ。
あんな可愛いコでもブレスレットが必要だったら、フツーの女子高生たちは左右両手
首に五個ずつくらい、はめてないといけないことになる。

「ああ……私もあの彼女くらい可愛かったら、人生薔薇色だったろうな……」

咲子さんは、うじうじ呟いている。

「君は、恋愛成就祈願ね……わかった……ちょっと待って……そうや、こないだすご
いええ紅水晶（ローズ・クオーツ）が入ったんよ。それ三粒いれると、合計三千円超えてまうけど、女子高
生、大丈夫？」

そう言いながら男性は女の子を見つめているが、脳内では、

――とにかく凜子、石、カウンターに置いていき。どうせほとんど使い物にならん
やつやろ。みんな傷んじゃってさ？　ホンマ、凜子にブレスレット作りとぉないねん
な。石が気の毒！

――わかってるって……ゴメン……おいくらかかってもかまいませんので、よろし
くお願いします……。

――今回、三十はもらうで。いや、三十じゃきかへんかもしれんし。

――わかってるって……でもその代わり、めっちゃええ石使ってな。

青年はまた小さなスケッチブックにブレスレットの絵を描き、そこに恋を成就させたい女子高生のパワーストーンのデザインを描き込んでいる。

——ああ、気ぃ散るわ。凜子が来たらうちの石もザワザワしはるし、もう帰って帰って。

——わかった……また来るし。出来上がり、いつ？

——一週間後の土曜日。

——ありがと……お願いね。

——凜子の連れ、珍しくええわ。めっちゃ綺麗なオーラだしてはる。人づき合い悪いくせに、ええ相棒見つけたな。……彼女、うちで働いてもらいたいくらいやわー。

——はいはい……どうも。失礼します。

凜子さんは小さい体をさらに小さくすぼめて、女子高生をかきわけ青年の元へ近づくと、布の袋に入れてきたバラバラのパワーストーンをそっとカウンターに置いた。そしてそのまま後ずさりして、咲子さんの元へと戻る。

「お待たせ。ゴメンね、行こ？」

「ブレスレット、いいんですか？」

「うん、大丈夫、お願いしてきた」

「いや先生、布の袋、カウンターに置いてきただけですよね？」

「あ〜大丈夫。わたしがこの店にいるだけで、ここの石がザワザワするから早よ帰れって言われてんねん。そんなん言われたらちょっと腹立つやん？　この店の石のパワー全部吸ったろかな、って毎度思うわ」

凜子さんの言いぐさに同調するかのように、天井の裸電球がバチバチッとついたり消えたりした。いわゆるラップ現象だろうか。

「あの……お客様。店内の波動を乱さないで頂けますか？」

青年は初めて口頭で、帰りがけの凜子さんに注意した。

ステーキハウスで夕食を

薪で焼いた分厚いサーロインステーキが、南部鉄器の皿の上でジュージュー音をたてながら運ばれてきた。つけあわせは京都産のジャガイモ・キタアカリ、万願寺とうがらし、まるくスライスされた賀茂ナスなどだ。

ここは河原町通の裏手にある上村ビル二階のステーキハウス――。

数か月前にオープンしたばかりのビルだが、五階のホテルのスイートルームのど真ん中に大理石のバスタブを作ったことで魔界の穴が開いてしまい、魔物の巣窟になっていたところを凜子さんが『魔釣り』(要はスーパー大除霊)をおこない、今はビルの機能が正常に戻っている。

「すごい。お店、満席ですね。よかった……」

咲子さんは、そう言いながら膝に大きな布ナプキンを広げた。

魔物にとり憑かれていた時は、新鮮で上質なはずの食材の味が落ち、ステーキハウスは長期休業を余儀なくされていた。

「この店、薪の香りでリラックス効果が高いわ。それよりほら見て、このステーキ、八センチはある。絶対美味しいやつやん。やっぱり肉よ、肉。お肉以外にわたしの健康を保ってくれるものはないなって最近つくづく思ってんねん」

そう言って凜子さんは、フォークとナイフを豪快にステーキに突き刺した。

とたんに肉汁が溢れてくる。お肉には最高級の塩胡椒がしてあるので、後はすりおろした生ワサビをちょっとつけて頂く。

「ああ……口の中で……溶けてる……。さすが、丹波牛さんや……わたし、京都に住んでてよかったわ」

凜子さんは、若干涙目になりながらサーロインステーキを堪能している。

咲子さんも、さっそく一切れ口に運んだ。

「うわ……ホント、おいしい！　実は私、サーロインとか苦手で、普通はもっとさっぱりしたフィレを頂くんですけど、凜子先生が絶対サーロインにしてみてって言うからチャレンジしましたけど、大正解です！　口の中で溶けてる……なのに、ゼンゼン脂っこくなくて、やわらかくて味が深い……こんなの食べたことありませんっ」

咲子さんは、ほぼ悲鳴に近い感嘆の声をあげていた。

「ようこそおいで下さいました。赤ワインお持ちしました。どうぞ」

厨房のシェフみずからボトルを運んできてくれた。五十歳くらいのスラリとした男性で、日本人には珍しく口ひげが似合っている。そして、胸にブドウの形のソムリエ・バッジをつけていた。

「あれ……え？　わたしたち、これじゃなくて……普通のハウスワインの赤、頼んだと思うけど……グラスで」

凜子さんは首を傾げている。

「ええ、存じております」

シェフ帽がよく似合う彼が、笑顔で言った。

「こちら、上村の女将さんからです」

シェフが小声でいった。

「いやいや！　こんなん、あかんあかん。これ、リシュブール・グラン・クリュやないですかっ！」

凜子さんがワインのラベルをなぞって読んでいる。

「あ……製作者……ロマネ・コンティ……ですね……？」

咲子さんもその超最高級ワインに気がつく。

「あの、シェフ、わたしたち、今日はここのハウスワインを飲む予定やったし、それでお願いしますっ」

ロマネ・コンティが造るリシュブール・グラン・クリュは、安いものでも十万円ほどする代物だ。

「女将さんから、くれぐれもよろしゅうにって言われてるんです。これ、地下のワインセラーから持ってきたんですけど、味もまったく問題なくなってると思うんです。復活したしるしに是非、先生に召し上がってもらお、思うて」

シェフがさらにさらに小声で言う。

「ワインがもう大丈夫なんは味見しなくてもわかるし……だってほら、このフロアもすごくいい感じで、パワーあふれてるしね。わたし今、このお肉を頂いたけど、めっちゃ美味しいもん！　ホント、食材には何の問題もないしね」

凜子さんがそう力説する横で、シェフはワインオープナーをリシュブールにつきさしてクルクルまわしていた。

「うわあああ〜〜〜！」

それを見た凜子さんと咲子さんが、同時に叫んでしまう。

「シェフ、そんなことされたら、わたしたちもう、この店に来られへんようになってしまいますっ」

凜子さんはかなり狼狽している。

「そんなこと言わんといてください。ワインのサービスは今夜限りにさせてもらいますし。これからもいつでも何度でも、お待ちしてますからね。先生はこのビルの救世主なんですから」

　そう言って、シェフは赤ワインをグラスに少し注ぐと、それを凜子さんに手渡そうとした。

「テイスティングなら咲子さんがええと思うわ。彼女の味覚、めっちゃ感度ええし」

　凜子さんに言われて、シェフはグラスを咲子さんに勧めた。

「恐縮です……では、ごちそうになりますね」

　咲子さんはリシュブール・グラン・クリュをゆっくりと一口飲んだ。

「リシュブール……『お金持ちの町』あるいは『濃厚な村』が意味するように、このワインからは百の花を集めたような香りがします。バラ……スミレ……ラズベリー……そしてブラックチェリー……。シルクのようになめらかなタンニンが艶やかな質感を生み出してます……」

　咲子さんはトランス状態に入っていた。

「すばらしい、なんという的確な描写！」

　ソムリエであるシェフも絶句してしまう。

「これ、今まで飲んだワイン史上一番かも。凜子先生も頂いてみて下さい！　この世のものじゃない味がしますよ」

　この世のものじゃないなら、もしかしてあの世……あるいは魔界の味？　凜子さんはわずかに引いていた。注がれたワインに、おそるおそる口をつける。

「うわ、美味し……奥深い。香りがええわ〜〜！　やっぱり極上の赤やんね（魔物にやられてへん……よかった……）」

凜子さんは親指と人差し指を丸にして、ＯＫマークを作って見せた。

「そうですか、ほんまよかったです。それを聞いて改めて安心しましたわ。本当にありがとうございました。お二人とも、お料理楽しんでいってくださいね！」

そう言うと、シェフは厨房に戻っていった。

「でも咲子さん、すごいなぁ、ワインも詳しいん？」

「ええ。昔、ソムリエになりたかったんです。でも、やっぱり難しいから途中で諦めちゃったんです」

「今からでもソムリエになれるんちゃう？　咲子さんの舌、センスええもん」

「いえ。私、今、幸せなんです。大学の仕事が楽しくて。ソムリエになるよりこうしてお食事の時においしいなぁ、ってワインをゆっくりと楽しみたいです」

「そう？　そんなん言うてもぉたら、わたしも嬉しいわ。わたしもお酒は、なんでも好きやけど、たくさんは飲まれへんねん。咲子さんがいると、めっちゃ助かるわ」

「助かる……？」

「え……うん。ほら、日本中あっちこっちの神社の神様に呼ばれて、酒盛りせなあかん時も結構あるんよ」

「え、呼ばれちゃうんですか？　神社から何か祭事のお願いの仕事とかくるんですか？　先生、こんなにお忙しいのに……？」

「いや……そういうビジネスライクな通達じゃなくて、寝てる時に神様が直にお願いに来るっていうか。特に、過疎になって廃れて誰もお詣りにこないような神社の神様とか、お腹空かしてはるし寂しいらしくて……そんな時はわたし、ミニをとばして励ましに行くんよ。お酒とかお供えたっぷりもってくねん。実はわたしは飲むと底なしやから、踊ったり歌ったり服もどんどん脱いだりさぁ。とにかく手がつけられへんようになるんよ。でも神様の前では乱れるわけにはいかへんし、適量しか飲まんの。飲んでも飲んでも乱れない酔わない、それでいて軽妙なトークもできるような人が一緒におったら、神様も嬉しいやろうなって思ってたんよ。咲子さんって、飲んでもきちんとしてるやん？　わたしが咲子さんに出逢ったのって、それが一番の理由じゃないかなっていう気ぃさえしてんで……」

凜子さんは深く頷いている。

「先生、ちょっと待って。そんな勝手に納得したような顔やめて下さい」

ここで咲子さんはようやくわかった。凜子さんの部屋のあちこちに衣類が脱ぎ捨てられているわけが……。先ほども簡単に掃除をした際、フロアに缶ビールの空き缶やワインのボトルが転がっているのを見ている。

　咲子さんは、こんな自分で役に立つなら定期的に凜子さんの家の掃除にあがらせていただきたいと思った。きちんとした部屋にきちんとした生活がある、というのが咲子さんの持論だ。しかし、埃一つない瀟洒なマンションで美しく生活してきたはずなのに、東京での咲子さんの暮らしは居心地が悪く、心休まらない日々だった。そう考えると掃除なんてどうでもいいような気にもなる。咲子さんの心は複雑だ。

「あ、そんなことより、せっかくのステーキ、熱々のうちに食べちゃお、ね？」

　凜子さんは、猫舌なくせにさっさと話題を転換し、じゅうじゅう音をたてている鉄板に目をやった。

　そして二人はステーキとワインとチーズを堪能し、今はデザートを楽しみ、久しぶりに贅沢な時間を過ごしていた。

「ところで、さっきの石屋さん、女子高生に大人気でしたね」

　話は最初に戻って、咲子さんは先ほどの新京極の石屋さんのことを聞いた。

「彼の石を見る目はわたし以上なんよ。わたしも石のことはよくわかるから、昔は自分でパワーストーンのブレスレットを作っててん。いい石が置いてある店をいくつか知っていて、そこへ買いつけに行ってたんやけど、ある日、神様がふっと降りてきて、新京極の『ナイト・ジュエラー』がええよ、って教えてくれて、それから彼の店に通うようになってん。もう七年くらいになるんちゃうかな？」

そう言って、凜子さんは嬉しそうな顔でデザートのゴルゴンゾーラと無花果(いちじく)のコンポートを口に運んだ。

「で、さっき、あのお店のお兄さん……みんなセーヤさんとか呼んでましたけど、そのセーヤさんと凜子先生は、直接会話してなかったですけど……もしかして、お互いに心を読んでましたか？」

咲子さんは生チョコのブラウニーを一口にして、幸せいっぱいの顔になる。

「そうそう、分かった？　彼、エスパーやし。石の気持ちもわかるし、人の頭ん中、読んでしまうんよ」

「で、なんでナイト・ジュエラーなんですか？」

「あそこの店、日が沈んでからじゃないと開かへんのよ。石を太陽にさらしたくないねんて。昼間も店、開けて欲しいっていくら頼まれても、そっと寝かせて石をベストな状態に保っておきたいって、絶対に仕事せえへんねん」

「でも、ブレスレットやネックレスにしたら、嫌でも太陽にさらされますよね？」

「それはもうしょうがないって思ってるみたい。でも自分が扱う間は、とにかく石に休んでいてもらいたいんやって。彼、石に色々言われとぉんちゃうかな」

「石に色々言われる……ですか。石マニアなんですね」

「彼の名前、カッコええんよ。『清(きよ)』いに阿弥陀(あみだ)さまの『弥(み)』を使って『清弥(せいや)』っていうねん」

「高貴な名前ですね、それに不思議な雰囲気の人でしたよね。時々目が緑に光ってたような……」

「え、咲子さん、そんなんわかった？　あれ、カラコンちゃうんよ。実は清弥くんは『一京堂(いっきょうどう)』の跡取り息子なんよ」

「『一京堂』って、あのお茶で有名な……？」

「そうそう、あの『一京堂』さん」

「私、住菱地所の社長秘書をしている時、超、超、お得意様には、盆暮れ必ず『一京堂』さんの最高級の玉露を贈ってましたよ。あそこのお茶なら間違いないので」

「清弥くん、お茶の味を見分ける天才やねん。彼がダメって言うたらその葉っぱは使えんようになるんよ。日本のどこの茶園のお茶がおいしいか、足で歩いて見つけてくるんよ。その時に石も見つけてくるみたい。葉っぱの神様に愛されているから、時々、瞳が緑に光んやろな」

「そういうものなんですか……」

「そういうもんやろ。あ、清弥くん、咲子さんを見て、すごい綺麗なオーラ出してるし、うちで働かへんかなぁ言うてたわ。彼、そういうのわかんねんよ……。わかりすぎて疲れとぉやろなぁって思うけど」

それはきっと凜子さん自身にも言えることなのだろう。

見える聞こえるが必ずしも便利なものではない時が、彼女にもあるようだ。

＊　＊　＊

ステーキハウスを出た二人は、夜の河原町を歩いていた。食後の軽い運動だ。

「あれ……『高丸屋』さん、まだ営業してんのん！」

凜子さんはお気に入りのデパートの前で立ち止まった。

『オハダノオテイレ……オハダノオテイレ……』

「ヘイ、Siri」とは言ってないのに、また勝手に凜子さんのスマートウォッチが起動している。

「そっか、今日は土曜日か。高丸屋さん、週末は九時まで営業してるんやっけ」

とたんに凜子さんは、目をキラッキラと輝かせた。

「あの先生、今、時計が『お肌のお手入れ』とか言ってましたけど？」

超高級赤ワインのボトルの三分の二以上を飲んだ咲子さんだが、全然酔っていないし足取りもしっかりしている。

「咲子さん、わたし、ちょっと『DINOR』に寄りたい。お化粧品が切れてんねん。さっと買ってさっと帰るから」

「もちろんいいですよ。ゆっくりどうぞ。へえ、先生もディノールが好きなんですね？　実は私も基礎化粧品はすべてディノールです。アラフィフになるとごまかしがきかないから、化粧品にだけはお金をかけなきゃと思って……」

そういう咲子さんの肌はツヤツヤしている。初めて鴨川で会った時の顔は土気色だったが、今はシミシワもなく、色白で綺麗だ。人はひと月で、こんなに変われるものなのか。

ちなみに凜子さんが目指すディノールは、フランスで一番人気のある老舗化粧品店だ。値段は高いがその効果は絶大。勝手知ったる高丸屋さん一階の化粧品フロアを、すいすい泳ぐように進んでいく。

「まあ、凜子さん、いつもおおきに！」

ディノールの販売員さんが、凜子さんの顔を見るやいなや破顔する。

三十代中頃の目鼻立ちくっきりの女性だ。髪を夜会巻にして、うなじが美しい。眉を綺麗にととのえ、肌の肌理も細かく、口紅は肌色に近いピンクで抑え目にまとめている。ディノールらしい上品な販売員さんだ。

「今日はどうさしてもらいましょ？」

終始ニコニコ顔をくずさず、凜子さんにたずねる。

「あれ？　もしかして凜子さん、また取材で海外に行ってはったんですか？　肌が少し荒れてはりますね？　長いフライトやと乾燥もひどいし、時差があるから体内時計も狂わはるし……」

その話を聞いて、咲子さんは「この女性、できる。よくわかっている」と思った。

——そうなのよ。普通、成田からモロッコって直行便がないから、中東ドバイを経由してムハンマド五世国際空港に着くのよ。丸一日以上かかっちゃうの。あっちの空港こっちの空港に乗り降りして体はヘトヘト。目的地に着いた頃には三歳は老けこんでしまうほど、お肌はザラザラのシワシワ……それを三分でこなしちゃった凜子先生の疲労は、パワーストーンが悲鳴をあげて、ブレスレットがぶちぎれるほどのダメージなのよ……。

咲子さんは凜子さんの斜め横に立ち、心の中で激しくツッコんでいた。

「うん……だからぁ、もう幽体離脱やめるし……」

凜子さんのこの呟きに、すっかり心を読まれていることに気づき、咲子さんの目が点になる。

「凜子さん、こちら夏前に発売になった『アフター・バケーローション』です。お送りさせてもぉた新商品のリーフレット、見てくらはりました？」

そう言って、彼女は美しい水色の小瓶を取り出した。

「バケーローション？」

凜子さんは興味しんしんだ。

ちなみに凜子さんは、毎日ポストを開けて中身を取り出すような人じゃない。郵便物がポストの口から外にあふれてきて初めて取り出す。それらは部屋に運びこまれても、結局は玄関あたりで放置され、目を通してもらえることはあまりない。ただし、ピザ屋さんとお寿司屋さんの割引クーポン付きのチラシだけは凜子さんのお眼鏡にかなったりする。

「これは、バケーションの後のお肌を甦(よみがえ)らせるローションなんです。どんな日焼けもシミもシワも、これを就寝前のお顔にのせといたら、クリスマスまでには、いつもの潤いのあるお肌を取り戻せると思います！」

そう。彼女のお肌は、確かにピカピカウルウル、シミひとつない。説得力がある。

「あっ、では、一瓶下さいっ！」

凜子さんを押しのけて、咲子さんがカウンターに詰め寄っていた。

「ありがとうございますっ。あのでも、これ、お肌に合うか合わないかわからないので、まずサンプルからお使いになるのもええですよね？」

優しい販売員さんは、カウンター下の引き出しから銀色の小袋を数枚取り出した。

「いえ。ディノールさんの良さはよく知ってますから。試供品ではなく、ちゃんとした商品をクリスマスまで使い続けたいです」

咲子さんは生きる意欲にあふれていた。

「ありがとうございます。では、トラベルセットもおつけしときますね」

ここには確か、凜子さんがメインで買い物にきたのではないだろうか。

「えっと、あ……じゃあ、わたしもそれ一瓶ちょうだい？　あといつものしっとり化粧水とローズの美容液と、あのワイナリーのブドウのつるのクリームもお願いね。とりあえず、シワがのびるやつ全部欲しいわ」

凜子さんは、自分でプッとふきだしてしまう。他人(ひと)からはパッと見、女子大生のようだとか言われるが、本人は最近、ひしひしと年齢を感じていた。なにしろアラフィフなのだ。

「あの……こちらのお客様は、凜子さんのお友達ですか？」

店員さんが聞いた。

「いえいえ、お友達だなんて……そんな、とんでもない。凜子先生は私の大恩人で、私は先生の助手をやらせて頂いているんです」

咲子さんは恥ずかしそうに言った。二人は四十八歳で同学年なのだが、命を救われた咲子さんにとって、凜子さんは雲上の人だ。

「ううん、友達やって。今は一緒の大学で働いてんのよ。この人めっちゃデキんねん。わたしいつも助けてもらってて……」

凜子さんに友達と言われ、咲子さんは嬉しくて胸がいっぱいになる。

「あれ……それより、優佳さん、めっちゃ肌ツヤいいけど、もしかして、もしかして、決まった……？」

凜子さんが言うと、販売員の優佳さんとやらは真っ赤な顔になる。

「そうなんです！　凜子さんのお陰なんです～！　これ、お伝えしなきゃって思ってたんですよ！」

お陰と聞いて、咲子さんはすぐ、この優佳さんも凜子さんに何らかの『お掃除』をしてもらったのだと気がついた。

「『お掃除』ちゃうねん、ちょっとアドバイスしただけやから」

凜子さんはまた勝手に咲子さんの心を読んでいる。

「凜子さんが、彼のご先祖のお墓参りに行くといいって勧めてくれはったから、私、こないだのお彼岸に彼のご先祖様の眠るお墓に、一人でご挨拶に行ったんですよ。そしたらなんと、彼がプロポーズしてくれたんです！」

――ああ……結婚か……いいわね……。私も、最初はよかったのよ……。

と思ったところで、咲子さんはサッと自分の心に蓋をした。凜子さんに読まれてはいけない。

「あれ？　え？　お墓にお一人で行かれたっておっしゃってたけど、彼と一緒じゃなくて？」

　咲子さんは自分の心に蓋をしながらも、引っ掛かったところはすぐに、聞き返していた。気になることは放っておけない性分だ。

「実は彼、スピリチュアル系が苦手で、絶対信じない人なんですよ。そういうTV番組もダメ。だから自分の家のお墓参りもしたことがなくって。とにかくいつも忙しくて夏休みも取ってなかったし、お盆やお彼岸も昔からどうでもいい人で。だから内緒で、私が彼の代理でお墓参りに行ったんです」

「代理というか、一人で行きなさいって、わたしが言うたんよ。優佳さんが彼の奥さんにふさわしいんやったら、きっとご先祖様が応援してくれはると思って。だって優佳さん、もう彼と一緒に住んで五年以上経つんやで……そろそろはっきりさせなあかん時やんか……」

　凜子さんが、説明を加えてくれた。

「でも、彼のご先祖のお墓って……どうやって聞き出します？　スピリチュアル系ダメなんですよね？　勝手にお墓参りしたら、怒られそうな気がしますけど」

　咲子さんの質問は続く。

「ええ、お墓が、東本願寺の大谷祖廟にあることは、前に聞いて知ってはいたんです。大谷祖廟には受付けがあって、お墓の場所を調べてもらえたので、彼には内緒でお参りできました」

大谷祖廟とは、東山区円山町にある祇園近くの、それはもう格式のある立派な霊場だ。墓地は山に沿って階段状に造られていて、その頂上に行くと京都一帯が見渡せて、お参りに来た人を眺めの雄大さで癒してくれる。

「へえ……彼のご先祖様のお墓参りをしたら、彼からプロポーズ……」

咲子さんは感心した。

「そうなんですよ、ほんとに不思議で。お墓参りから三日後、彼が仕事から帰ってきてすぐ、プロポーズしてきたんです。それまで、ぜんぜん結婚に興味がなかったくせに……別にこのまま結婚しなくてもええんちゃうの？　って言ってたような人だったんですよ？」

「何せよかった。優佳さんもうすぐ三十五歳やし、もし、にぎやかな家庭にしたかったら、早した方がええしね」

凜子さんはホッとした顔になる。

「そうなんです……実はちょっと年齢的に焦ってたんですよね、それで、凜子さんに相談して……」

自分も、もっと早くに凜子さんに出逢えていれば、あの苦い結婚を阻止してもらえたのかもしれないし、もしかして、他の誰かと巡り合うチャンスもあったかも……と、咲子さんは一瞬、考えてしまう。けれど、人生で経験したことには何ひとつ無駄はないはずだ。

ダメ男と結婚したお陰で凜子さんと知り合えて、京都に暮らせて楽しい毎日を送っている。咲子さんはちゃんとわかっていた。

「あの、でも彼、この頃ちょっと……」

「どうしたのん？」

凜子さんがすぐに聞き返した。

「体調が悪いみたいで……この間、健康診断を受けたら再検査になっちゃって。やっぱり、働きすぎなんかなって」

「彼、確か大手IT会社の管理職やったっけ？　夏休みもとれないほどなら、そりゃ体も悲鳴をあげるわな。でも、とりあえず大丈夫そうやけど。前に四条河原町で二人が一緒に歩いているところをお見かけしたけど、彼、健康そうやったし？」

ただし、凜子さんが見かけたのは二年以上も前になる。

二年も経てば、人の健康状態も変わってくると思うのだが……。

「よかった〜！　凜子さんにそう言ってもらえると、安心です。どこか悪いのかもって、すごく心配だったんです」
優佳さんに笑顔が戻っていた。
凜子さんが言うなら大丈夫だと、咲子さんも思った。
二人はたくさんの試供品を頂き、高丸屋デパートを後にした。

石がおしえてくれる

週末が終わり、月曜はスポーツの日、火曜日は烏丸大学の創立記念日、水曜日は学園祭と、長い休みが明けて木曜日。また大学の授業が始まり、咲子さんは頼まれていた資料を凜子さんの研究室に届けに行った。

コンコンコンとノックして、

「失礼します。富士宮で〜す」

明るく声をかける。

「はいは——い、どうぞ〜〜」

時は午後四時、秋の日はつるべ落とし、窓の外に夕日が眩しく輝いている。

「あれ……先生、この部屋いつもより……若干、綺麗ですね？」

咲子さんはびっくりした。キッチンカウンターには割り箸のつっこまれた空のカップ麺の容器や、茶渋がついたティーカップにガビガビのティーバッグが入ったまま放置されているのが常なのだ。あるいは食べかけのお菓子が散乱していたり、花瓶の花が枯れていたり、とにかくいつも整頓されていない研究室が、今日はそこそこ片づいている。フロアに綿ゴミがふわふわ浮いてはいるが、机の上に資料は積まれていない。賞味期限切れのカレーパンが放置されてもいない。

愛犬のにぬきもバギーの中で安心してお昼寝をしていて、仲良しの咲子さんが来てもまったく起きるようすがない。しかし、なんだか違和感を覚えてしまう。

「パワーストーンを修理にだしてるから、なんかもう疲れすぎて……この研究室、邪気邪霊にやられまくったから、ちょっと掃除してん。あ、掃除ってホンマの掃除ね。でも掃除機かけたり雑巾かけたりじゃなくて、とりあえず棚とか引き出しに、隠した……」

「は？　隠した……？」

咲子さんは、イヤーな予感でいっぱいだ。

「表向きだけとりあえず綺麗に見えたらいいんじゃないかと思って。目に見えるところだけ片づけとけば、邪気邪霊もよりつかへん思うんよ」

咲子さんには、凜子さんの言っている意味がわからない。

「ほら、見て」

凜子さんが小さなキッチンカウンター下の観音扉を開けると、そこにはいつもの茶渋がついたティーカップ（たいがい高級）やら、買いだめのスナック菓子やら、蓋が開いたままお湯を注いでいないペヤングソースやきそばやら、鯖缶、オイルサーディンの缶、蜜豆の缶、桃缶の空き缶がゴロゴロ転がっていた。防災用具の乾パンの缶もある。それも食べたのか……。ヤクルト1000の空容器も、二十個くらい奥に押し込められている。咲子さんは肩で息をしていた。

「凜子先生、スナック菓子買いすぎです。缶の処分は私がいたします。資源ゴミですね。あっ！　これ……ヘレンドのカップっ、私に洗わせて下さいっ！」

一客十万近くする最高級のティーカップに茶渋がついていて、咲子さんは涙目になった。

「ねえ、咲子さん、そんなことよりほら、こっち見てよ」

そう言って、凜子さんは仕事机の一番大きな引き出しを開ける。

そこには週刊誌やら競馬新聞やらヒーローものの新刊コミックスやら、もしかして学生さんのレポートらしきものやらがぎゅうぎゅうにつっこまれていた。

「先生……外にあるものを、中に入れて見えなくしただけですね……」

咲子さんは、もはやドン引きしてはいなかった。そのあたりはもう、うっすら覚悟ができていた。

「あ、咲子さん、わたしが競馬をやるのは、自分の透視能力をチェックするのが目的やからね。お金はかけへん。どの馬が勝つか見てるだけ。この頃は七～八割の確率で当たるんよ。でも実際にお金をかけると絶対に当たらないようになってんねんよ。目が曇るんやわ」

「先生、今、競馬の話じゃないですから。私が問題視してるのは、先生のお掃除の仕方っていうか……」

こうなるともう咲子さんも、どう意見していいのかわからない。

「いや、だから咲子さん、わたしね、片づけはできへんけど食べ物関係はキッチンカウンターの下、書類関係は仕事机の中って、一応きっちりわけてんねん」

咲子さんは、なぜここで凜子先生がドヤ顔になるのか、わからなかった。

明らかにドヤっている。食べ物は食べ物エリアで、紙関係は仕事机周り。それは凜子さんの譲れないポリシーなのだろうか。

「わかりました。これが凜子先生のお掃除の仕方……なんですね。あの、でもなんで急にお掃除というか隠したんですか？　見えないところにつっこむだけなら、別にもう外に出しっぱなしでもいいじゃないですか。邪気邪霊を祓いたいって、先生、パワーストーンがなくたって除霊できるでしょう？　ほら、いつものように利き手じゃない左の人差し指使ってピッピッて、しょっちゅう祓ってますよね？」

「あのブレスレットがないと、祓っててもめっちゃ疲れるし、指への負担が半端ないねん。だから今は自分でどうこうするのん諦めてんねん。あ、どうしても祓わなあかん時は、これ使うねん」

そう言って凜子さんは、机の一番上の引き出しから枝のようなものを出した。まっすぐで艶やかな枝だ。長さ二十五センチ、直径は人差し指くらい……？

「なんですか、それ……？」

「……魔法の杖、みたいな？」

「え――っ、杖っ？ ハリー・ポッター的な？ えっ、もしかして凜子先生も、ダイアゴン横丁のオリバンダーの店みたいなところに行ったりするんですか？」

咲子さんは実はハリー・ポッターの大ファンだ。本もＤＶＤも全巻持っている。夢は、ロンドンのハリー・ポッター・スタジオに行くことだったりする。

「ううん。今のところ日本に魔法の杖屋さんはないからね。これは自分で作るんよ。枝ぶりのいいやつを見つけて、整えて使うねん。節が曲がってたら威力も曲がるから、まっすぐじゃないとあかんねんなぁー。だから普段からまっすぐないい枝ぶりのやつを見つけたら、拾っとくねん」

そういえば、鴨川を歩いている時、凜子さんは落とし物を探すかのようにキョロキョロするし、その眼がどことなく厳しかったのを咲子さんは思い出した。

「じゃあ凜子先生は、あのパワーストーンのブレスレットがない今、指でお祓いする代わりに杖を使ってるってわけですか？」

「指でやると体にとにかく負担かかんのよ。だから杖でやんねん。ハリー・ポッターたちが杖を使うのって、そういうことなんちゃうかな、指痛いねん」

「指が痛い……ですか。で、その杖の素材はなんですか？」

「あ、これは北山杉。京都市の北山の方にしかない杉の木でね。しなやかでええの。動物の骨を使う人もいるらしいけど、何か恐いやん？　わたしはやっぱり木がええわ。使いやすいのは大きい木から落ちた枝。桜の木も悪くないし、ベタだけど竹ね。細ーい竹。でも、これが案外見つからへんのよ」

「あの……凜子先生、ブレスレットの替えは持ってないんですか？　そんなに大事なものなら二、三個持っていればいいじゃないですか」

「わたしも何度も清弥くんに言うてんねんけど、替えを持つとますますブレスレットを大事にせぇへんからって、作ってくれへんねん」

　それはちょっとわかるかもしれない、と咲子さんは思ったが、さっと心に蓋をした。

「でも凜子先生も元は自分でブレスレット、お作りになってたんですよね？　それを今、はめてたらいいじゃないですか？」

「まぁね。そう思って昔自分が作ったやつをはめてみたんやけど、全然ちゃうねん……清弥くんのをはめたら、もう他のははめられへんのちゃうかな」

「それでも、はめないよりはいいんじゃないですか？」

「うん……はめへんよりは、ましかもしれへんけど……。ほな、やっぱり明日は昔のやつを引っ張り出してこよかな……」

凜子さんは体調もイマイチなのか、こめかみをおさえていた。頭痛なのだろう。

「でも土曜にはできるって言うてたから、あと二日の辛抱。よぉ考えたら今週前半、大学が休みでよかったわ。ええ時にブレスレットも壊れてくれたわ」

そう言ってニコッと笑った。極めてポジティブ・シンキングである。

と、その時、凜子さんのスマホがブルッと震えた。メールが届いたようだ。

凜子さんはスマホを開き、メールを読み始める。

「えええええ〜？　うっそ……。マジか……」

声が明らかに落胆していた。

「どうしました？」

咲子さんも心配になって、声をかけてしまう。

「ほら、こないだのディノールの優佳さんの彼、再検査の結果が出て、肝臓ガンのステージ4やって……」

凜子さんは首をかしげる。

「ああ……そっか……わたしあの時、ブレスレットしてへんかったし……優佳さんを通しての彼があんまし見えんかったんかも……」

しまった、とばかりに頭をかかえてしまう。

「でも先生、今は医学が飛躍的に進歩してますので、ステージ4でも治る確率は高いですよ」

咲子さんはそう声をかけるが、凜子さんはうつむいたままだ。

「おかしいなあ……どうしたらええやろ……うーん、何かちゃうねんな」

ごちゃごちゃ呟きながら、目をつぶって考えている。

「どうしよっかな……困る……う〜〜〜ん」

咲子さんは、こんなに悩む凜子さんを見るのは初めてだ。

魔界の蓋を捜しに行ったあの土砂降り大暴風の日ですら、凜子さんはまったく悩む様子を見せなかったのに。

＊　＊　＊

日曜日。凜子さんと咲子さんは京都の大霊場、大谷祖廟の受付けに入り、待合室でお茶を飲んでいた。

今日はにぬきも出動。咲子さんの膝にのり、おとなしくしている。

「ねえ、みてみて、ええやろ？　なんかパワーアップした感じがする」

凜子さんは昨夜、例の『夜の石屋(ナイト・ジュエラー)』さんで注文したブレスレットを引き取っていた。待つこと二時間ちょっと。清弥くんはお客様が凜子さんであろうとなかろうと、入店順に対応をしていた。ブレスレットを注文する人、受け取りに来る人、みんな平等に並ばなくてはいけない。

一人で店をやっているので大変だ。咲子さんに店で働いてもらいたいと言ったのは、あながち冗談でもなさそうだ。

「うわあ……綺麗……ムーンストーンにゴールドシトリン……前のより粒が大きいですね？　あ、四神の水晶……中に金箔(きんぱく)が入ってます。あ、これは九頭龍さんですか？　いいじゃないですか……なんか無敵な感じがしますね」

咲子さんがほめると、気のせいか凜子さんの顔もすっきりしている。

「でもさ、清弥くん、怒っとったわ」

「ああ……もっと、石を大事にしてくれ、ですか？」

「ちゃうちゃう、わたしが石に頼りすぎているって。石があって、自分の力を発揮できていると思ってるけどそうじゃないって。石がなくてもできるって信じていかなアカンって……」

凜子さんの言葉に、咲子さんはなんだか納得してうなずいた。

「そういえばわたし、清弥くんにブレスレットを作ってもらう前は、自分で作ったやつで充分だったんよ？　でも清弥くんの石は確かにいいから、ついついその石に依存するようになってたんかもしれへん。これからはもっと自分を信じて、このブレスレットとも対等な関係で上手につき合っていかなあかんわ」

「凜子先生、素晴らしいです！　それでこそ先生です！」

咲子さんが笑顔でうなずいていると、

『キマシタ……キマシタ……』

凜子さんのスマートウォッチが時を告げた……というか、また勝手にしゃべっている。午前十時を過ぎたところ。今日の京都はカサブランカの碧く輝く空のように、雲ひとつない快晴。まさに秋晴れだ。

「あっ……優佳さん！」

凜子さんが立ち上がると咲子さんもそれに倣い、にぬきもリードでひかれていく。待合室を出ると、凜子さんはいかにも偶然会ったかのように、優佳さんに声をかけに行く。

優佳さんの横には例の婚約者がいた。白のポロシャツにチノパン、やや痩せ気味で背は一七五センチくらい。端整な顔をしている。細いフレームの眼鏡がインテリだ。

「こんにちは優佳さん、お久しぶり。今日はお墓参り？」

凜子さんはにっこり笑う。

「凛子さんもお墓参りですか?」

優佳さんも話を合わせる。

「ちゃうの、ほら、わたしももうトシだから、そろそろお墓を建てておきたいなって思って……今日は同僚の彼女と見学に来たんよ。ちなみに彼女も独身なんよ」

これは優佳さんと凜子さんが仕組んでいることだった。

とにかく凜子さんは直接、優佳さんの婚約者に会ってみたかった。けれどスピリチュアルなことが嫌いな婚約者は、そう簡単に凜子さんには会わないだろうから、こうして偶然をよそおっている。

「あ、凜子さん、こちら山田昭夫さん、私の婚約者なんです」

「ええっ、そうなん？　わぁ優佳さん、おめでとう！」

白々しい凜子さんの弾んだ声。

「昭夫さん、初めまして。わたし、一凜子と申します。烏丸大学で民俗学を教えてるんです。優佳さんとは、高丸屋デパートでいつもお化粧品の相談にのってもらってて、もうかなり長いおつき合いをさせてもらってるんですよ」

凜子さんは無難な自己紹介をしていた。大学の先生だったら怪しまれないだろう。

「優佳がいつもお世話になってます。ディノールのお客様だったんですね」

婚約者のお得意様とわかったら、急に昭夫さんの表情も柔らかくなる。

「あの、私もディノールで、優佳さんにはお世話になっていて……。あ、優佳さん、このあいだの『アフター・バケーローション』、とってもよかったですよ！」

咲子さんも明るく会話に参加した。

「私、今日は彼のご先祖様のお墓参りに来たんです。結婚のご報告にと思って」

優佳さんが言う。

「そうなんやねぇ……でもここ、めっちゃ広いよね？　広すぎてどこがどこやらわからなくなっとぉけど……」

「実は僕も、自分の家の墓なのに、来るのは本当に久しぶりなんですよ。小学生くらいまでは、たまに来てたんですが」

優佳さんがこの彼をどう説得して、お墓参りにこさせたのかはわからない。

けれど、彼もガンになって、思うところがあったのかもしれない。

「あの、こんなことをお願いしたら迷惑かもしれませんが……途中まで、ご一緒させていただけませんでしょうか。わたし、ここにお墓を買うにしてもまず『現地』の雰囲気を見てみたいし、実際にお墓を持っている方のご意見を伺いたいし……」

凜子さんが、へりくだってへりくだってお願いをする。

一方、咲子さんは、凜子さんが『現地』という言葉を使う度、また幽体離脱を思い出し、何だか暗ーいキモチになる。

「そういうことなら……昭夫さん、案内してくれる？」

優佳さんが婚約者に頼んだ。

「僕で良ければ、っていうか僕自身、自分んちのお墓がどこだったか、実はよく覚えてないんですけど」

そう言って苦笑いした。

「区画はかなり山の上のほうで番号もわかってるんですけど。記憶では階段を延々とのぼっていくはず。小学生の僕でさえヒイヒイいいながら階段をあがって行ったんを覚えてます。あの……そんなんでも大丈夫ですか？」

思いやりのある婚約者は、アラフィフ二人の体力を心配してくれる。

「ああ、可愛いワンちゃんですね。モフモフや……」

婚約者の昭夫さんは、にぬきの前でしゃがみ込むと、

「さわっていいですか？」

凜子さんに聞き、「どうぞ」と言われると、すぐににぬきをモフモフしだした。

「僕、小さい時からワンちゃん飼いたかったんですよ。でも両親が動物がダメで……今は独立しているんだから飼っといたらよかったな。忙しい忙しいって、そればっかりで……」

昭夫さんは、にぬきをなでながら目を潤ませていた。

「これからご縁できるよ。ワンちゃんって、パワーくれるしね」

凜子さんが言うと、にぬきが「オンッ！」と返事した。

「そうですね、うん……これからですね。頑張らないと」

昭夫さんは自分で自分を励ましていた。

十月とはいえ、盆地の京都はまだまだ暑かった。四人は二十分以上かけて山の上へ上へと階段をのぼっていく。アラフィフ二人の額から汗がタラタラ流れる。

「ああ……着いた……このあたりの区画……えっと……山田家……山田家……」

昭夫さんが、水の入った桶（おけ）をかかえて、あちこちのお墓を探している。

優佳さんはもうお彼岸にお墓参りをしているので、場所はわかっている。

優佳さんは、お供えの花を抱えていた。白と黄色の菊に藤色のトルコ桔梗（ききょう）。青いリンドウ、ワレモコウ。

「あ……あったあった。ここ、ここ」

昭夫さんは、山田家のお墓の前にしゃがむ。

お邪魔をしてはいけないので、凜子さんと咲子さんとにぬきは、しばし離れたところでお墓見学をしていた。高台から京都の街が一望できる。山に囲まれたすり鉢状の古都は今日も長閑（のどか）だ。こうしてみると、あの山々の大自然が京都をしっかり守ってくれているような気がする。ここが東京とは違うところだ。

一方、遠くから昭夫さんを見つめる凜子さんは、時折首を傾げている。

「どうしました、先生」

「うん、なんか……違うっていうか……」

「あ、凜子先生、これ見て下さい。ここのお墓、お花が綺麗ですよ。ピンクの薔薇の花束なんて珍しいですよね？　まだお線香が煙っているから、今しがたお参りしたところですよね。お洒落だわあ。お墓に薔薇ね――」

咲子さんは自分のすぐ横にあるどなたかのお墓を指さし、感動している。

「ああこれ、愛人さんが来はってん。たぶん、さっき昭夫さんが桶に水をくんでた時にすれ違った人やな……ほら、まだ四十代くらいのお月見柄の着物の人……」

「はっ？　愛人さんですか？　そんな人……いました？」

「うん。ここに眠っているオジサマ、めっちゃモテたみたい。彼女のこと気になってんねん、かっこええオジサマやけどな」

「えっ……見えるんですか……っていうか、今、いる？」

「あ、ウィンクされた」

「えっ、ウィンクするんですかっ」

「するよ。あ～オジサマ、ゆっくり休んでてくださいね。素敵な薔薇もらえてよかったですね。あっ、ピースサインも出しとぉわ……」

しかたなくなのか、凜子さんもピースを返している。

「先生、絶好調ですね。でも、それって、パワーストーンの力だけじゃないですよ。やっぱり、凜子先生の元々の眼力です」

咲子さんが言うと、いきなりにぬきが昭夫さんと優佳さんの元へと走り出した。

「あっ、にぬちゃん、だめよ、お邪魔になっちゃうからっ！」

咲子さんが、にぬきを追いかける。

凜子さんもその後をしぶしぶついていく。もう階段を上がることに疲れて、よろよろしている。相変わらずの運動不足だ。

「すみません〜、うちのにぬきが昭夫さんのこと、好きになっちゃったみたいで」

さっきなでなでされたのが嬉しかったのか、にぬきは山田家のお墓の前でワンワン吠えている。魔物探知の時の吠え方とは違うので、心配はなさそうだが……。

その時、凜子さんの顔色が変わった。

「いや……やっぱ、ちゃうでしょ」

凜子さんが目を細めて、お墓を見ている。

「何が違うんですか？」

優佳さんがたずねた。

凜子さんは、山田家の墓石をぐるっと見回す。

「いや、これ、違うと思う」

「え……ですから何が違うんですか？」

優佳さんが焦る。

「あの……山田仙一って、どちらさんですか」

凜子さんは、墓石の左わきに彫られている名前を読んだ。

「ああ、うちの父方の祖父です。山田仙一郎っていいます」

婚約者の昭夫さんが言った。

「ううん、これ、仙一になってるけど」

「じゃあたぶん、この墓石はかなり古いから、彫ったところが汚れで埋まってしまってるんですね。雑巾で拭いとかな……」

凜子さんは、墓石の後ろを見た。そこにも名前はいくつか彫られている。

「山田カナさんって、ご存じですか？」

「いえ……知りませんけど」

「お祖母ちゃんのお名前は？」

「山田久子です」

「山田久子さんの名前はないわ……えっと、あの……山田淳之輔さんって知ってる？　山田菊さんは？」

凜子さんは、矢継ぎ早に質問をする。

「いや……全員、知らないです……」

「やっぱり、このお墓ちゃうと思います」

山田家とはまったく他人の凜子さん、ここで爆弾発言をかました。

「えっ、違うんですか？」

先日、ここをお参りした優佳さんも、呆然とした顔になる。

「山田っていうお名前、よくありますしね」

咲子さんが呟いた。

その時、魔物探知犬にぬきが走り出した。にぬきは今あるお墓より三段上がったところの列で、「オンオン！」と鳴いている。

凜子さんがそちらへ上がっていく。本心ではもうこれ以上、階段は上りたくなかったが……なんとそこには、もう一つの山田家の墓があった。

「ああ……山田……仙一郎だって。お祖母ちゃんの山田久子も隣に書かれてる」

一緒に上がって来た昭夫さんは、びっくりだ。

「わかった！　そっか!!　なんだあ～～！」

凜子さんが、大声で言った。

「何かわかったんですか？」

　咲子さんが聞いた。

「いやぁわたし、さっきからずっと昭夫さんを見てて、ガンのステージ4の人にはぜんぜん見えんかってさ。絶対、何かの間違いちゃうかって思ってて」

　昭夫さんは、見ず知らずの凜子さんが自分の病状を知っていることに、怪訝な顔になる。

「昭夫さん、ごめんね。いきなりすぎてビックリする話なんやけど、あなたのカルテ、誰かのカルテと入れ替わってるわ。カルテもやっぱり山田で間違ったんちゃうかな。山田って名前、多いから」

　凜子さんはじっと目を閉じて考えだす。

「山田……昭和の男って、見える……山田昭男（あきお）……」

「あの……僕は、昭和の夫のほうの、昭夫です……」

　昭夫さんが言った。

「うん、だから、ご先祖様が、カルテをわざと間違えさせて、今まで何十年もお墓参りしてたのは、全然別の家のお墓やしいいかげん気づけよ、って言ってたみたい。昭夫さんのご両親もずっと間違ってお参りしてはったみたいやし……ほら、だってこのお墓、めっちゃ汚れてるやん。誰もお掃除した形跡がないわ」

　唐突にかまされた超スピリチュアルな話にドン引きするかと思ったが、意外にも昭夫さんは納得したような顔になった。

「でもね、あなたは確かに働きすぎなんよ。このままだと倒れちゃうから、もっと体を大事にしなあかんわ。そのこともご先祖様は伝えたかったらしいよ。でも、わたしが見たところ、あなたは大丈夫そう」

　凜子さんの指摘に、昭夫さんはもう言葉にならない。

　そこで優佳さんが本当のことを告げようと、昭夫さんの隣に来た。

「昭夫さん、ごめんね。凜子さんは烏丸大学の教授だけど、実はスピリチュアルなことも見える人で、私も今まで色々と助けてもらってたんよ。で、昭夫さんのことも相談しててね。でもそういうことって、昭夫さんが苦手なの知ってるから言えなくて……。で、今日、凜子さんに来てもらって、直接あなたを見てもらったの」

「僕は……本当に病気じゃないんですか？」

　疑うこともなく、昭夫さんは凜子さんにたずねていた。

「うん、カルテが入れ替わってるから。でも、そのカルテの男性も、確かにステージ4みたいやけど、恐らく大丈夫……治る。今の医学、すごいから。そのことを一秒でも早く彼に教えてあげないと。だから昭夫さん、明日すぐ病院に行ってチェックしてもらってきて？　あなたのためというよりも、今ステージ4の、昭和の男のほうの山田昭男さんのために」

スピリチュアル系が大嫌いなはずの彼が「そうですか！」と、大きくうなずいた。疑っている様子は微塵もない。

「ありがとうございます！　僕、明日の朝一で病院に行って確かめます。それと、うちの本当のお墓を見つけてくださって、ありがとうございました！」

昭夫さんが深々と頭を下げた。

「あの……お墓見つけたの、わたしちゃうしね」

凜子さんがそう言うと、昭夫さんは涙目になり、足元にいる大きなモフモフ犬を抱き上げた。

「ありがとう……ワンちゃん……本当にありがとうね……」

婚約者の横にそっと寄り添う優佳さんの瞳にも、涙が浮かんでいた。

凜子さんとにぬき、そして咲子さんに結婚式の招待状が届いたのは、その年の冬だ。二人と一匹は、特等席で山田家の披露宴に出席した。

それはちょうど、秋から使い始めたディノールの『アフター・バケーローション』が、最高の成果を示す季節だった。

第三話　救世主

クリスマスにはまだ早い

ゲオルク・フリードリヒ・ヘンデル。

十八世紀前半に活躍したドイツの大作曲家。ジャンルはバロック音楽など。

その彼の代表曲、全三部にわたる『メサイア(救世主)』――その第二部三十九曲目の合唱部分のみが、先ほどから高級4WD車の中でリピートされている。

カーステレオは英国を代表するオーディオブランドのメリディアン社。流れている曲は『ハレルヤ』。誰もが一度は聴いたことのある聖譚曲(オラトリオ)だ。

しかし、時はまだ十一月……。『ハレルヤ』を聴くほど、世の中的にはクリスマスやら年末気分は盛り上がっていないが、優秀なスピーカーから流れてくる音は車内をコンサート会場に仕立ててしまう。

「言ってしまった……とうとう言ったわ……私……言えたのね……この私が……言えた……」

4WD車のハンドルを握っているのは、富士宮咲子(ふじのみやさきこ)さん。

『やっぱり咲子さんは強い。ようやったわ』

ふいに、咲子さんの耳に尊敬する一凜子（にのまえりんこ）さんの声が聞こえてきた。

ただの幻聴だ。でも、もし助手席に凜子さんが座っていたら、きっと女子大生にしか見えないルックスに、咲子さんと同年代らしい穏やかな笑みを浮かべてそう言ってくれたはずだ。

咲子さんは、何やら感慨深い気持ちになった。

現在、京都は御所南の元事故物件（完全清掃済み、いわゆるお祓い済みの）マンションに暮らす咲子さんだが、以前は東京渋谷の松濤という高級住宅街に年下のご主人と住んでいた。しかし旦那さんはクズ中のクズで、大金持ちの息子であるにもかかわらず咲子さんから搾取するだけ搾取して、ロクな仕事もせず女遊びに余念がなかった。

咲子さんは結局離婚をすることになるが、当時の彼女はあまりにも精神的に参っていたため、彼に何も請求せず身一つで別れていた。

何ひとつ必要ではなかったし、生きる希望もなくなっていた。そんな彼女が死出の旅に選んだのが京都だった。

しかし、鴨川で凜子さんに助けられ、目が覚めた咲子さんは今、信じられないほどのエネルギーに満ちている。

金曜日。

咲子さんは有給を取って早朝の新幹線に乗り、東京の元いたマンションにこっそり戻ると、愛車を奪還した。この車の所有者はそもそも咲子さんだ。誰に文句を言われる筋合いもない。

古巣のマンションを出て、渋谷から首都高3号線に乗った時はまだ、咲子さんの両手はぶるぶる震えていたが、東名高速に入った頃にはもう彼女は『ハレルヤ』を大声で歌えるほどに自分を取り戻していた。

富士インターチェンジを降りた彼女は今、静かな富士市の町中を走っている。その車の後部ラゲッジスペースには、すっかり元気がなくなった観葉植物の鉢が数個積まれていた。ココヤシ、ホンコン・カポック、ベンジャミン、パキラ、オリーヴ。そのどれもが結構な大きさだが、荷物を詰め込むスペースが大きい車なので、ビニールで土を覆って横にしてしまえば問題はなかった。

レンジローバー。イギリスのランドローバーが生産している高級4WD車だ。

咲子さんは、元夫がゴルフに行く時、いつもこの車で送り迎えをしていた。銀座や六本木の高級クラブで酔いつぶれた夫を迎えに行ったのもこの車だ。

離婚して二か月以上経つが、マンションの鍵がつけ換えられていなかったのはよかった。きっと元旦那は、気の小さい咲子さんが二度と松濤のマンションには戻ってこないだろうと、高をくっていたのだろう。だが、そうはいかない。人として甦った咲子さんは、今回きっちり行動を起こしている。

思えば旦那の言いなりになるばかりの結婚生活だった。義母も加勢して、二人がかりで咲子さんを貶め、プライドも気力も根こそぎ奪われた。

咲子さんが奪還したかったのは車と観葉植物だけだ。家のことなど何もできない旦那に植物を育てられるわけがない。コップ一杯の水さえもかけることのできない男。そもそも植物には興味がないはずだ。だから鉢植えはどうしても助け出したかった。緑の指を持つ咲子さんが手塩にかけて育てたコたちだ。

観葉植物が水なしで生きていけるのも、せいぜいひと月ちょっと。タイムリミットは完全に過ぎていた。

恐ろしいことに、咲子さんが古巣に到着して十五分もすると、近所に住む義母がマンションに駆けつけていた。

これは推測だが、マンションの管理人に、もし元嫁が部屋に戻ってくるようなことがあったらすぐに連絡をしてほしいと頼んでいたのだろう。

「あなた、いったい何をしているの？　警察をよびますよ？」

義母は、廊下に響き渡るような声で咲子さんに告げた。

それから驚いた眼差しで、元嫁を穴のあくほど見つめた。

今日の咲子さんのいで立ちは、茶色のフェイクレザージャケットに、濃紺のスキニーフレアジーンズ。どちらも京都のＺＡＲＡで購入したものだ。背が高くほっそり長身の咲子さんは、いきいきした表情も相まってモデルさんのように恰好がいい。日本橋三越でコンサバなスーツやブラウス、ワンピースを買っていた元嫁の、初めて見るパンツ姿、しかもあまりのカジュアルさに、義母は不快な表情をあらわにした。

「あの人は植物の世話なんかできないと思ったので、鉢を引き取りに来たんです。粗大ごみになるよりはいいと思って」

咲子さんは、努めて穏やかにしゃべった。

観葉植物はどれも土が乾ききって、葉っぱも黄ばんでいるものばかり。

持って帰ってもらった方が、どれだけ家が片づくかわからないのに、義母は片眉を吊りあげた。

「あなた、まさか何か高価なものを持ち出してるんじゃないでしょうね？」

そう言われた咲子さんは、腕にかけていたロエベのボストンバッグを開いて、その中身を義母に見せた。

「私、観葉植物しか持っていきません」

「だいたいこんなにたくさんの重い鉢を、どうやって運ぶつもり!?」

「地下に車がありますので、それに積んで帰ります」

落ち着いた様子でしゃべりながら、咲子さんの心臓はバクバクしていた。車のことでもめるのが一番嫌だった。義母は自分の意に沿わないことは絶対阻止する人だ。

「あれはうちの息子の車ですよ!?」

咲子さんは義母のヒステリックな高音が苦手だった。

「いえ、あれは私が買った車です。保険も私が加入していますので、引き取らせて下さい。そもそも名義が私なんですから。いずれにせよ今月、車検です」

「うちの息子は知ってるの!?」

「知るも何も、あれは私の車です。彼が勝手に売ることもできません。しかも息子さん、免許ありませんでしょう?　ここに置いておいても邪魔なだけ。毎月の駐車場代がかさむだけです」

かつて義母に向かって、これほど理路整然としゃべったことはなかった。

「あなた、ワタクシが我慢しているのをいいことに、こんな好き勝手、許されると思っているの!?」

「とにかく、観葉植物は持っていきますから」

咲子さんは義母と目を合わさずに、最初の一鉢をエレベーターホールへと移動していく。落ち着かなければ、落ち着かなければ、と思いながらも顔が真っ赤になっていた。全身に震えが走る。今日は平日なので、元旦那は会社に行っているはずだし、近所に住んでいるとはいえ、まさかお姑さんが現れるとは思わなかった。

「泥棒よ、あなたのしていることは泥棒よ！　誰か来てっ！　泥棒がうちの植木鉢を盗っていくのよっ！」

咲子さんはもう何もかも放って逃げ出したくなっていた。

美容院から出てきたばかりのようなヘアスタイルで、上品なメイクを施し、素敵なシルクの花柄ワンピースを着て、指には大きなエメラルドが輝いているのに、義母の口から出る言葉は、いつだって残酷で醜い。死にかけの観葉植物さえ元嫁の自由にはさせない。愛する息子と自分以外の人が幸せになるのが、とにかく嫌いなのだ。

すると、その時だった。

「あのぅ、さっきから、いい加減に静かにしていただけませんか。何事かと思うでしょう？　やっとうちの子が寝たところなのに、また起きちゃったわ。あら咲子さん、お久しぶり。いったいどうしたの、大丈夫？　警察を呼びましょうか？　あちらの方、どなたかしら？　不法侵入なの？」

右隣の部屋の大会社の部長夫人が、義母の金切り声を聞きつけて廊下に出てきた。夫人の息子さんはもうとっくに中学にあがっているのだが、とっさの機転で義母に嫌味を言ってくれたのだ。咲子さんは心の中で手を合わせた。

すると今度は左隣のドアが開き、まだ眠そうなアラフォー女性が上品なガウン姿で出てきた。頭にはカーラーがついている。

「あらやだ、元気のない観葉植物ね、可哀そうに……。いったいどうやったら、ここまでダメにしちゃえるの？　あら、そこのおばあちゃん、つっ立ってないで咲子さんを手伝ったらどう？」

彼女は青山でワインバーを経営しているやり手マダムだ。さばさばした物言いが気持ちよく、咲子さんとも仲良しだった。今は正午ちょっと前。夜遅くまで働く彼女がようやく起きる時間だった。久し振りに会う仲良しの隣人さんたちに、二か月前はきちんとさよならも言えず、マンションを出て行ったのだ。咲子さんはどうにも申し訳なくて、泣きたくなる。

両隣さんは、咲子さんがいつもお姑さんに虐（いじ）められ、旦那さんからひどい仕打ちを受けていることを知っていた。咲子さんが離婚してマンションからいなくなった後も、旦那はとっかえひっかえ違う女性を部屋に連れこみ、瀟洒な高級マンションの風紀を著しく乱していることに、隣人としてハラワタが煮えくり返っていた。

義母は途端に居心地が悪くなる。とにかく他人(ひと)からどう見られるかをひどく気にする人なのだ。

そして、五鉢の観葉植物をエレベーターに乗せた。咲子さんは、お隣さんに何度も何度もお礼を言うと一気に地下まで下り、レンジローバーの荷台に次々と鉢を積み込んだ。急がないと、急がないと……また、捕まってしまう。咲子さんは必死だった。そして、運転席に飛び乗った瞬間、義母が地下に現れた。階段を使って駆け下りてきたのか、息がきれている。咲子さんの車の前に仁王立ちして両手を広げた。

咲子さんは運転席から降りて、一度唇をきつく噛んだ後、意を決して言った。

「大型テレビだって冷蔵庫だって、洗濯機だって乾燥機だって、エアコン、電子レンジ、ベッド、ソファ、ダイニングテーブル、リクライニングチェア、本棚……全部、私のお金で買いました。それだけじゃありません。マンションだって私が買ったものです。けれど、名義をあなたの息子にしてしまったから、私はそれを取り返すことができない。そもそもあなたの息子は、何度も何度も女性問題を起こして私に精神的ダメージを与え続けました。その証拠はいやってほど握ってます。今からでも弁護士に相談すれば高額な慰謝料に加え、財産分与もできるんです。それ、確実に何千万にもなると思います。お給料のすべてを遊びに使ってしまうあなたの息子さんに、払えますか？　それともお義母様が立替えて下さるのですか？」

咲子さんが一気にしゃべると、義母がこめかみに青筋を立てながら、しぶしぶ車の前からどいた。七十手前の、誰が見てもまだ若々しい義母の幸せは、いったいどこにあるのだろう。咲子さんは、義母が心から満足してゆったりと日々を過ごし、楽しんでいる様子を一度も見たことがない。

「お義母様、私はこの車と観葉植物だけあればいいんです」

義母は、まるで知らない人を見るように、咲子さんを見ていた。

義母の知る咲子さんは、いつも自信なさげで暗い顔をして、言いたいことも言えず、うじうじしている女性だった。フェイクレザージャケットにジーンズとTシャツでイキイキ行動しているなんて、許せないのだ。

「もう実家もない、仕事もない、天涯孤独のあなたが、車とこんな枯れた観葉植物だけ抱えて、どこでどうやって生きていくのよ」

妙に元気な今の咲子さんの姿が、信じられないという目つきだった。

確かに、義母が最後に見た咲子さんは、実年齢より十歳以上老け込んで、うつむき加減の虚ろな顔で、明らかに精神的に参っていた。

「心配ご無用です。今までお世話になりました。社長にもどうぞよろしくお伝えください」

咲子さんは改めて頭を下げると、またレンジローバーに乗り、アクセルを深く踏み込んだ。ブオンッ、といい音が響く。バッテリーが上がっているのではないかと心配していたが、レンジローバーは元気なままで、咲子さんが迎えにくるのをじっと待っていてくれた。

バックミラーで呆然とたたずむ義母の姿をとらえながら、地下の駐車場を出ると、眩しい太陽がオリーヴ色の車体を照らした。闇から光のある世界へ出て、咲子さんは渋谷の街を走り出す。もう二度とこの街には戻らない。涙は一滴も出なかった。これで本当におしまい。

そして大好きだったヘンデルの『メサイア』を流し始めた。

ハレルヤ、ハレルヤと声に出す度に、心が晴れ晴れしてくるのを感じていた。

静岡県富士市は、咲子さんの故郷だ。

東京の大学に行く十八歳まで暮らした土地だ。

二階建ての窓から毎朝、富士山に「おはよう」と言える家で育った。

すでに両親は他界し、六つ年上の兄も一昨年亡くなり、実家は更地となって今は知らない人の家が建っている。

咲子さんは天涯孤独だ。六つ上の兄が五十二そこそこで亡くなり、両親も七十前に亡くなった。つくづく自分の家系は長生きの筋ではないと思い知らされている。それゆえ、残りの人生がどれほどあるかわからないけれど、頑張って楽しく生きてみようと心に決めた。

もう我慢しない人生を送りたい。毎日、笑顔でいられる生活がしたい。人のためになることもしたい。悔いのないように生きたい。

凜子さんと出逢えていなかったら、今もきっと、うじうじしたままだった。

その咲子さんは今、富士市にある広大な霊園の、両親と兄が眠るお墓の前で手を合わせていた。うららかな陽気に誘われ、咲子さんはジャケットを脱ぐと、それを腰に巻きつけた。

季節外れのモクモク膨れ上がる真っ白い雲の隙間から、幾筋もの光が下りている。

「お父さん、お母さん……私、凜子先生のいる京都の烏丸大学で働いているのよ。留学生のお世話したり、在校生を姉妹校に留学させたり、凜子先生のお仕事の助手をやったり。住菱地所の秘書の仕事も面白かったけど、今はもっと自由で、人と触れ合えて、楽しい。何より学生が可愛いの」

やり切った表情の咲子さんは、墓前でニコニコ話しかけていた。

「私ね、今までお墓参りって、なんか形式的だなと思ってたんだけど、凜子先生に色々教えてもらって、ご先祖様とか親兄弟にお墓参りをする時は、ちゃんとお墓に集まってくれてるって知って、今、本当にみんなが周りにいるのを感じてるわ。いつも、みんなはここにはいないけど、お墓参りのお客さんがくるときだけ、おしゃべりしようって、スッと降りてきてくれるのよね？」

咲子さんは今朝、京都を出発する前に、下鴨神社さんの近くの『出町ふたば』で『名代豆餅』を買ってきていた。『出町ふたば』は、明治三十二年から続く老舗である。塩茹でされた大きな豆が、お餅の中にたくさん入っている『名代豆餅』は一番人気だ。店にはそれを買い求めようといつも行列ができている。

「これね、凜子先生超お勧めの和菓子なの。私も好きでよく食べているのよ」

咲子さんは『名代豆餅』の包装紙を大きく開いて、墓前にお供えした。

「どうぞ、みんな食べてね。あ、私も一ついただこうかな？　朝から何も食べてなくて……お腹すいちゃった」

フフと笑って、咲子さんはお供えに手を伸ばした。

「ああ……やっぱりおいしい……。このお餅って、赤ちゃんのほっぺみたいにやわらかなのよ。豆餅っていうしお豆が入った平たいお餅を想像してたのに、豆大福の形をしてるからびっくりよね。で、この豆は黒豆じゃなくて、赤エンドウ豆なんですって。塩がきいてて、それが中のあっさりしたこし餡にあってて絶妙よ。いくらでも食べられちゃう……」

そう言いながら、咲子さんはもう、京都が恋しくてたまらなかった。

「みんな、ちゃんとお供えを食べてね。食べたかどうかって、後で味をみればわかるんだからね。みんなが食べてくれたら、その豆餅には味がなくなっちゃうのよ。これ、笑っちゃうんだけど、本当にアッという間に味がなくなるのよね」

咲子さんは、鴨川で凜子さんに会った時、自分にとり憑いていた霊にお供えした後のみたらし団子を食べたが、その味のひどさを今でも覚えている。でも、その味で霊が食べてくれたかどうかがわかるので、マズくなって食べられなくなることを今は喜ぶようになっていた。ただし神様にお供えしたものは味が一ランク上がるので、お下がりはありがたくすべて頂いている。

ちなみにお線香は、京都一番の老舗、松栄堂（しょうえいどう）さんの品を選んだ。立ち上る煙から、極上の沈香（じんこう）の清らかで凜とした香りがする。

「昔はお線香なんてどれも同じだと思ってたけど、全然違うのよね。何度も何度もお墓参りできるわけじゃないから、どうせならいい香りをお供えしたいと思って、先週『松栄堂』さんの本店まで行ってきたのよ。この香をかいでいると気分がすーっとするの。それでいて何かに守ってもらえているような安心感があって……って、ごめんね、このお香は私のためじゃなくて、お父さん、お母さん、お兄ちゃんのためなのに……自分の好みで選んじゃった……フフ……」

ゆらゆらと立ち上る煙に、亡き家族の笑顔が見え隠れしていた。

特に母親は、いつだって咲子さんを心配していたけれど、今やっとほっとして見守ってくれている気がする。

「年末か年始にまた会いに来るわ。なんたってレンジローバーがあるから、京都からひとっとびよ。すごくいい車なの。何時間運転しても全然疲れないのよ」

その時だ。十一月にもかかわらず、季節外れのアゲハチョウがヒラヒラやってきて、咲子さんの頭の上をくるくる飛び始めた。ちっとも警戒する様子がない。

「お母さんでしょ？　わかるわよ……だって、凜子先生が言ってたもの。蝶とか蜂とかトンボとかテントウムシとか……あ、テントウムシはマリアさまの御遣いか。とにかく、そういう昆虫って、亡くなった人の化身になってくれるんでしょう？」

アゲハチョウは一瞬、咲子さんの肩にとまった。

咲子さんは息を止めて、蝶の動きを見守った。

「私、頑張るから大丈夫よ。お母さん……ありがとう……心配しないでね。お父さんも、ありがとう……お兄ちゃんも……。私、また来るね」

アゲハチョウが空高く舞い上がった。

咲子さんは立ち上がりお墓に一礼すると、お供え物を下ろし、あとはもう振り向かなかった。

振り向くと未練を残して、霊に心配されてしまう。これも凜子さんに教わったことだ。レンジローバーを停めた駐車場に向かう道すがら、咲子さんは、下げたお供えの豆餅を口にしてみた。

「ああ……味がなくなってる……。赤エンドウの香りがもうしない……こし餡も気が抜けてる」

咲子さんの目にどっと涙が溢れた。

「食べてくれたのね……よかった……ちゃんとみんな、来てくれていた……」

この涙は、悲しい涙ではなく、嬉しい涙。

目には見えないけど、みんないる。自分は一人じゃないとはっきりわかった瞬間だった。

＊　＊　＊

京都に戻る前、咲子さんは最後の最後に、元実家近くの不動尊へお参りに向かった。

天気が良かったこともあるし、前に凜子さんに、お不動様に守られていると教えられ、これは一度お礼に上がらないといけないと思っていたからだ。

その不動尊は富士山の麓にあり、レンジローバーではとても通れない細い道を進んだ先にある。咲子さんは途中、駐車場に車を停めると、勝手知ったる山道を登っていった。昔はまだそこそこ整備されていたはずの参道は、今や石段の隙間から雑草が生い茂っている。

子供の頃はたいした距離ではないと思ったが、四十八歳の現在、長い石段を上っても上っても、一向に不動明王様のいる洞窟にたどり着けない。こんなに人里離れた大変な場所にあったのかと驚いてしまう。

けれど、なんとかお不動様のところまでたどり着き、洞窟の前に座って背筋を正すと、ひんやり湿った空気が、洞窟の奥から流れてきた。

瞬間、空気が変わった。参拝者は誰も来る様子がないので、咲子さんは思う存分、これまでのお礼をお伝えし、きちんとご挨拶をすることができた。石で造られたお不動様は、同じく石の台座の上に座られて、優しいお顔をしていた。炎に包まれた怒りの形相の立ち姿というのは、咲子さんが大人になってからどこかで見た不動明王のイメージだったのだ。地元のお不動様は、ただただ優しい慈愛に満ちたお顔をしていた。ふくよかな童子のような体型で背中に炎も背負っていなかった。右手に握る剣もどことなく丸みを帯び、怖がらせるような雰囲気がなかった。小さい頃はしょっちゅう来ていたのに、自分の記憶の曖昧さに咲子さんはびっくりしてしまう。

参拝を終え、お不動様にいとまごいをすると、来た道を下りていく。

徐々に雲行きがあやしくなる。山の樹々がざわついている。嵐の前触れだ。時々バラバラッと、どんぐりの類が上から降ってくる。

「これは、絶対ひと雨来るかんじ。ちょっと、お詣り長すぎたかしら……。でも、ちゃんとご挨拶したかったからいいのよ……ホントはあれでもまだお礼を言い足りないくらい……」

咲子さんは、急いで階段を下りていった。

途中で沢があり、その水面を見ていると、ポツンポツンと雨が落ちて弧を描いた。先ほどの霊園では綿菓子のようだった雲が、今や完全に怪しげな暗雲と化していた。

「慌てちゃダメ。足元に注意しないと。転んで怪我したらシャレにならないから」

いつから自分はこんなに独り言を言うようになったのだろう。

東京にいた時は、頭の中で考えることとさえなかった気がする。口から言葉が出てくるのは仕事の時だけ。今は誰もそばにいないのに、あれこれしゃべってしまう。独り言って、元気じゃなきゃできない。誰もいなくても言葉がこぼれるのは、奇妙に見えるかもしれない。けれどしゃべっている本人にしてみれば、自分の行動をちゃんと把握できているということだ。

「風がいきなり冷たくなってきた……これってゲリラ豪雨の前触れよね……やだなあ、もう。さっきまであんなにポカポカ陽気だったのに。でも大丈夫、私にはレンちゃんがいるから」

レンちゃんとは、奪還したレンジローバーのことである。

結局、お不動さんに行く時も、お詣りを終えて帰る時も、参拝者にはすれ違わなかった。このあたりの過疎が進んでいるということもある。昔はもっと賑やかだったはずなのに。

とうとう木立の葉っぱを伝って、ぼとぼと雨が落ちてきた。咲子さんが最後の急な階段を下りていくと、ようやく駐車場が見えてきた。

「大丈夫よ。車の中に入れば、そこはもう京都だから」

樹々の陰になっていた薄暗い階段から広場へでると、さらに激しい雨の洗礼を受ける。

ふと見ると、広場の隅にある背もたれの壊れたベンチに白髪のおばあさんが一人、茫然(ぼうぜん)と座っていた。ご近所の人だろうか……あんなに濡れているのに、大丈夫だろうか……。咲子さんは、横目で老女をとらえながら、レンジローバーへ向かっていたが、いや絶対ダメでしょう、と踵(きびす)を返すと、その女性の元に走った。

「おばあちゃん、大丈夫ですか？」

声をかけたはいいが、咲子さんは貸してあげられる傘を持っていなかった。自分もずぶ濡れだ。

「お家はこのお近くですか？」

話しかけても、老女からは何の反応もない。ふと見ると、首にネームタグのようなものがぶら下がっていた。そこには名前と住所、そして家の電話番号が書かれている。咲子さんはまずその番号に電話をしようと思ったが、住所を見て息をのんだ。それは、ここから十分ほど歩いた咲子さんの元実家のすぐ近くだったからだ。おばあちゃんの名は浅間遥子。咲子さんの幼馴染、浅間和輝くんの継母に違いなかった。

咲子さんはまず、ネームタグに書かれている番号に電話をかけた。けれど、呼び出し音が鳴り続けるだけだ。もしかして家の人たちは、このおばあちゃんを捜しに外へ出ているのかもしれない。

「あの……家までお送りします。浅間さんのお宅ですよね？」

声をかけると、浅間という名に老女が初めて反応した。咲子さんは、幼馴染の継母をレンジローバーに乗せ、複雑な心境になった。二つ年上の優しいお兄ちゃんだった幼馴染は、この継母にずいぶん虐められて育っていた。昔はとても美人で気の強そうな女性だったが、今はもう別人だ。着古した辛子色のカーディガンに、もんぺのようなズボンをはいて、靴は男物のサンダルだ。

元いた実家への運転は、ナビがなくても簡単だ。時がどれほど経っても、道は変わらない。

ただ、商店街はどの店もシャッターが下りていて、かなりうらぶれていた。好きだった和菓子屋さんも、もうない。おいしかったお肉屋さんも、近くに巨大スーパーができたため閉店せざるをえなくなっていた。文房具屋さんは半分コンビニみたいになってはいたが細々と経営しているようだ。咲子さんは時代の流れを感じながら、幼馴染の家の前にたどり着いた。元実家の、隣の隣だ。

レンジローバーから、おばあちゃんを降ろすと、遠くから中年女性が走ってきた。手には予備の傘を握りしめていた。髪は後ろでひっつめて化粧っけもない。

「もう、お母さん、どこに行ってたの！　あちこち捜したんだからねっ。勝手に外に出ないでって、あれほど言ってたのにっ」

自分にさしている傘がまったく役に立っていないその女性は、咲子さんを見ると深々と頭を下げた。状況を一瞬で把握している。もう、こんなことはしょっちゅうなのだろう。気の毒な気持ちになる。

「あの……おばあちゃん、お不動さんの入り口のベンチに座ってらしたから……風邪をひいてはいけないと思って」

咲子さんは、おばあちゃんの娘さんが誰かもよくわかっていた。彼女は幼馴染の和輝くんの三つ下の異母妹だ。自分も小さかったので詳しいことはよく知らないが、和輝くんのご両親は和輝くんが三歳くらいの時に離婚して、それと同時にすでにお腹の大きかった女性が、和輝くんの家に後妻として入っていた。

それがこのおばあちゃんで、その時生まれたのが、目の前にいる娘さん。この娘さんは、和輝くんの異母妹にあたる。おばあちゃんの若い頃に似て、目鼻立ちがはっきりしている。

娘さんは可愛がられて育ったけど、その陰で和輝くんは、家の中でのけ者のような扱いを受けていた。その和輝くんも中学卒業前に実の母親が迎えにきて、それから会うことはかなわなかった。さよならも言えず、ある日突然、和輝くんはいなくなってしまった。咲子さんの心にぽっかりと穴があいてしまった瞬間だ。ずっと気になっていた。会いたくてしようがなかった。

恵まれない境遇をおくびにも出さず、和輝くんは誰に対しても優しかった。学校でも人気者だった。

和輝くん……和兄ちゃんは、元気なのだろうか……。迎えに来たお母さんと、今はどこでどう暮らしているのだろう。でもそれを聞くわけにもいかない。聞くということは、自分の素性も明らかにすることになるからだ。

咲子さんはこの和輝くんの異母妹にあまりいい印象を持っていないので、できればただの通行人のふりをしてやりすごしたかった。それに、嘘(うそ)がつけない性格が災いして、東京で結婚していたけれども離婚して京都に住んでいる、と正直にすべて話してしまいそうになる自分を止められないと、咲子さんは知っていた。そんなことを故郷でしゃべろうものなら、噂はあっという間に広がる。厄介だ。

でも、知りたい。和兄ちゃんは、今どうしてる？　でも、和兄ちゃんに冷たかった継母さんと娘さんにたずねても、何も教えてはもらえないだろう。だってあの日、中三だった和兄ちゃんがいなくなってから、この二人はいつだってせいせいした顔をしていた。

性格がよくて誰にでも優しくて、頑張り屋の和兄ちゃんのことだ。今はきっと幸せに暮らしているに違いない。いや、幸せでないと困る。咲子さんは、辛く悲しい時、何度も和兄ちゃんに励まされ助けられてきたから。

霊界バス

週が明けて、月曜日。

咲子さんは凜子さんを愛車に乗せていた。

「うわあ、これが例のレンジローバーか！　ええ色やなぁ……めっちゃええやん！　っていうか咲子さん、取り戻せてよかったなぁ。やればできるやん！」

凜子さんは、咲子さんの離婚の顚末を事細かに知っているので、彼女が勇気を振り絞り、元いたマンションに戻り、車を奪還してきたことを喜んでいた。

今日はこれから咲子さんの運転で、二人と一匹は烏丸大学へと向かう。

凜子さんは後部座席に折りたたんだバギーを入れ、にぬきを膝に乗せた。

「内装もええなぁ。このキャメル色のシート、なんかセレブな気分になってくるわ」

にぬきもクンクン、車内の匂いを嗅いでいる。

「それでは出発しますね！」

オリーヴ色のレンジローバーが初冬の京都を走り出す。イチョウやカエデが落葉し、道路に落ち葉があでやかに舞っている。御所から飛んできたものだろう。

「なんか……この車、浄化したみたいにスッキリしとぉやん。咲子さん、車ん中でお香かなにか焚いたやろ？　こんなクリーンな車やったら、わたしの出る幕はないいな」

バックミラーでとらえた凜子さんはニコニコしていた。

「え、どういう意味ですか？　私、別に何もしてませんけど……東京のマンションから持ってきた時のままです」

「うん、でもほら、この車って、咲子さんが一番悲しかったり辛かったりした時のネガティブな思いを背負ってるから、ヘンな念とか残ってるかもと思ってててん。そういう意味で、一度わたしを乗せてねって言ったんやけど、問題なし。すごいええ空間。ええわぁ、なんやろう……？」

凜子さんは、不思議そうに考えている。それから、あっ、と気がついた様子で、

「音霊かな……？」

と、つぶやいた。

「音霊って、なんですか？」

「咲子さん、この車ん中で、なんか、めっちゃいい音楽を聴いたんちゃう？」

「え？　ああ、はい……ヘンデルの『メサイア』を聴いてました。最初は『ハレルヤ』のところばかりをリピートしてましたけど、富士インターチェンジから京都へ戻

る高速では、『メサイア』三部作のすべてを聴いてきました。全曲で一四〇分かかるので、二回は通しで聴いたと思います」

「ああ……それや……それやわ……車ん中、完璧に浄化されてる……。咲子さんって見えへんのに、感覚で何がいいとかちゃんとわかっとぉねんよな。それにしても音楽の力ってすごいわ」

「ええ～？　『メサイア』効果ですか？」

「めっちゃいい楽団の格調高い音楽を聴くと、人間って心から感動するやん？　あるいは、神の手を持つ指揮者によって演奏する音楽とかもそうかも。そういう音霊って不浄なものを祓う力もってんねん。魔物は、とにかく高貴な音に弱いねん。できればいやーな暗ーい破滅的な音楽を聴いてたいんよ。これって、咲子さんはもう立派に自分で自分をちゃんと守れるようになっている証拠やん」

　凜子さんは感心していた。

「いえいえ、とんでもない、まだまだぜんぜんです。でも、おかげさまで、少しずつ、本来の自分を取り戻しています」

　咲子さんが言うと、後部座席でにぬきがオンッと鳴いた。オンッと鳴く時はたいてい、『そうですね』というような同調の返事だ。

「にぬちゃん、ありがとうね。実はにぬちゃんが車に乗ったとたんに『ヴゥ～～、ワンッ！』って吠えたらどうしようと思ってたのよ」

魔物探知犬のにぬきが、「ヴゥ〜〜、ワンッ！」と吠えたら、車内にヘンなものがいるということだ。そのにぬきが吠えてくれたおかげで、咲子さんは凜子さんに気づいてもらえて、死の淵から甦ったわけだ。

にぬきも咲子さんの恩人……というか恩犬だ。

しかし、烏丸御池を越え、四条通を右折しようとしていたら……。

「ヴゥ〜〜、ワンッ！」

と、まさかの、魔物探知犬が吠え始めた！

「えっ、にぬちゃん何っ？　なんかいるの？　やだ、やめてっ！」

咲子さんが叫んでいる。

「ああ、咲子さん、大丈夫、大丈夫。この車とちゃうから、京都の四つ辻には色々おんねん。ああ、あれ……あそこの女性……事故にあったんかな……バスに乗りそこなったんやなぁ。これは一日一善のやつにしとこか」

凜子さんは後部座席から身を乗り出し、前方やや左に向かって、何やらごちゃごちゃしゃべり始めていた。

これはもしかして、久しぶりの般若心経のような……。

「えっと、あの……乗りそこなったって……？」

声をかけちゃいけないとわかりつつも、咲子さんはつい聞いてしまった、が、案の定、返事はない。

「あの、えっと、ここ……右折していいですか……それとも、止まります？って、止まれませんよね、青だし……」

ハンドルを握る咲子さんは、どうしていいかわからない。

「大丈夫、ちょっと待って……西入ってくれる？」

京都では西入るは西へ、東入るは東へ、上がるは北、下がるは南を指す。しかし西と言われても慣れない身ではピンとこない。西ってどっち？　いつもここは右折しているところだが。

「だから、西やって西、そのまま西入って！」

もういい。たぶん右のことを言ってるのだろう。咲子さんはできる限りぐずぐずしながら、レンジローバーで四条通を右折した。京都に来てまだ二か月、この上がるだの下がるだの、東入るだの西入るだのの表現が咲子さんにはツライ。どうして右折とか左折とか言ってくれないのだろう。京都の人は、どこにいても市内の方角がわかっているのが、信じられない。

その間も凛子さんはずっと、前方に向かって話し続けていた。

しばらくすると、車の中に花のような香りが広がった。

沈丁花(じんちょうげ)？　いや、今は十一月だ……沈丁花は二月から三月にかけて咲く花のはず……。

咲子さんはしばらく無言で車を走らせていく。そして、ようやく烏丸大学の駐車場に入ると、いつも凜子さんが停めている場所に車を置かせてもらった。

キーをぬいて車から降り、ロックすると、

「あの……さっきの四つ角……」

咲子さんは、おそるおそる凜子さんにたずねた。

「急にごめんごめん！　運転中やったのになぁ。あの四つ辻で交通事故に遭って亡くなった女性がいて、もう半年以上経つと思うねんけど、まだ亡くなったってことが自分でわかってなかったらしいわ」

「亡くなったことを、教えてあげたんですか？」

「あそこの角にお花、供えてあったやん？　そう言われてみれば、かなり前から花があるのは知ってたんやけど。供えてはったんは彼女の恋人みたいで、恋人が頻繁にお花を届けにくるから、あそこにおったら彼に会えると思ってはったんやって」

「そうだったんですか……それはかなり切ないですね」

「でも、あの四つ辻でうろうろしてると地縛霊とかになってしまわはるし、もう諦めて天国から見守ってあげるんやで、って説得しといてん」

「でも先生の霊上って、もっと時間がかかりますけど、さっきはほんの一分もかからなかったじゃないですか。あんな短い時間でどうやってあげたんですか？」

「晴明さんが京の都の四つ辻に結界を張ってはるんやけど、やっぱりたまるんよな。めっちゃ昔の話やしな」

「は？　晴明さん？　凜子先生のお友達……じゃないですよね？　もしかして陰陽師の安倍晴明？　ああもう、さっきから何の話してるのかまったくわからないんですけどっ」

「そう、陰陽師の晴明さんが、京都中に赤い蜘蛛の糸みたいな結界を張り巡らしてはんねんけど、どうしても地縛霊みたいなのが四つ辻にはたまりやすくて、さっきの女性みたいに行き場のわからない人が、うろうろしてはるんよな」

「ああ……うろうろしてるんですか……」

　咲子さんはどう会話を続けていいのか、いよいよわからなくなる。

「でも、京都はけっこう多めにバスが走っとぉしな」

　凜子さんの話が突然、飛んでいた。咲子さんはあわててうなずく。

「ああはい、バス、縦横無尽に走ってますよね。やっぱり観光客が多いですからね。便利ですよね。私もよく使います」

「いや、そっちのバスじゃなくて、霊界へのバスのこと」

「ああ、霊界へのバスですか……」

言いかけて咲子さんは、なんだそりゃーっ、と声をあげそうになった。

「土地柄かと思うねんけど、京都は昔から、生きた人間と妖怪と霊と魔物が、どの都道府県より多く入り乱れてんねんよ？」

「(見たことないからわからないけど) はい、多いですよね……(多いのか？)」

魔界霊界ズブの素人の咲子さんは、せっかくの凜子さんのトークを膨らませてあげられなくて、申し訳ない気持ちになる。

「で、すみません、霊界バスってなんですか……」

やはり疑問はスルーしてはいけないので、咲子さんはここできっちり説明を受けておこうと思った。

「ああ、それね。人は亡くなって天国に行くために、みんな霊界行きのバスに乗らなあかんのよ。普通は亡くなったら自分の乗るバス停の場所やらバスの時刻やらが明確に解るチケットもらうんやって。だからちゃんとチケット持って、そのバスに乗れるんやけど……まだ生きていたいとか、家族を残していけないとか、やることがあるとかの執着のある人は、そのチケット無視してバスに乗らへんこともあるんよ」

「あの……そのバスって、どこを走ってるんですか？」

「うん、その辺の道端とか、さっきみたいな四つ辻とか、あ、ビルの上とか？　トトロに出てくるネコバスみたいにめっちゃ行き先とか変えれるねん。わたしらが使ってるバス停あるやん？　そんなとこにも霊界バスが停まったりしてる。乗車日、時間、場所は、実は生まれる前から、だいたい決められていて（変わる時も多々あり）、亡くなった瞬間に、改めてその霊界行きのチケットを渡されるから、葬祭場で荼毘にふされる前にバスに乗っちゃったりしてることもよぉあるんよ。残された人は号泣しながら別れを惜しんでんのに、もうこの世にはおらへんってなこともあるし。さっきの彼女は亡くなってそんなに日が経ってないから説得して霊上したんよ。今日はちょうどバスが来てたから、一分かからへんかった。現世でうろうろしてたら地縛霊になって、滅しないとあかんようになるからさ。わたし、それはしたないねん」

「はあ……うろうろ……ですか……。私なんて、もう現世にそんなに執着がないから、いつでもバスに乗れるような気がしますけど……」

咲子さんは言ってから愕然とした。これからの人生をまた明るく生き直していこうと思っているのに、実はまだ過去を引きずっていて、心のどこかに虚しさを抱えていることに気がついてしまったのだ。

「何言ってんの、咲子さん。あんたまだホテルオークラ京都の十七階のスカイレストランで最高級のワインを飲みながら、美味しいお肉を食べて、五山の送り火を見たことないんちゃうの？　あそこから見えるのは、『鳥居』『左大文字』『船形』の三つやけど、そんなん見ながらのディナーって至福の時やと思うけど？　鴨川沿いの五層楼閣の『納涼床』京フレンチもしたいやろ？」

「ああ……じゃあ来年の夏は、その二つは制覇したいですね」

咲子さんの心を読み、凜子さんが元気づけてくれているのがわかった。

「祇園の料亭の鱧（はも）づくし懐石もええで？　先付けの酢の物から始まって、鱧おとしに鱧しゃぶ、鱧のてんぷら、鱧寿司まで鱧だらけ。ええ料亭知ってるし、今度一緒に行こ。いつも講義のお手伝いをしてくれてる御礼もしなあかんし。わたし、咲子さんに出逢ってからめっちゃ楽しいねん。そんな簡単に霊界バスには乗せへんて」

にぬきを乗せたバギーを押しながら、凜子さんが言う。しかしよく見ると鱧料理が本気で好きすぎるのか、凜子さんの唇の両はしにはよだれがたまっていた。

キャンパス内を歩きだすと、あちこちから「にぬちゃーん」とか、「ワン教授〜〜」とか、にぬきに声がかかる。ワン教授というのは、いつもにぬきを連れている二前（にのまえ）教授の『一』の漢字を一（いち）と読み、しかもそれをONEと英訳し、プラス犬の鳴き声にかけてワン教授と呼ぶ、かなりひねりがきいたニックネームだ。

「まだまだやらなきゃいけないこと、たくさんですね。これだったら、バスが来ても乗らないかな……」

「咲子さん、かなりしぶとく生きていくと思うけどな。そうや、いつかリタイアしたら京都を出て二人と一ワンで世界一周の旅もええんちゃう？　世界中を旅しながら、あちこちの魔物を滅していくねん」

「ええ……そっち……ですか……？　でも、うちってそんな長生きの家系じゃないから、そんなにしぶとく生きていけるとも思えないんですよね」

「何言うてんの、自分で思ってるよりしぶといと思うけどな。最後の最後と思った時にわたしに会うたやん？　それだけでも超がつくラッキーちゃうの？　この世はパワーバランスやしね。不幸ばっかりの人もおらんへんし、幸福ばっかりの人もおらへんの。幸せにしか見えへん人も、知らんところで必ずなんらかの負を背負ってたりすんのよ。たとえば、言わへんだけで体に大きい痛みを抱えてたり、ずっと孤独と闘ってたり、人知れずものすごい額の募金してたり、気が遠くなりそうな税金払ってたり、彼らはパワーバランスが何かということをちゃんと知ってんねん」

「でも、凜子先生、うちの家系はどうも短命で……兄も一昨年、五十二で亡くなりましたし、長生きできる気がしないんですよね」

「ああ、全然、大丈夫」

　そう言って、凜子さんは咲子さんの後ろの人をチラチラ見た。

「すごい方がついとぉし。きっと、咲子さんにしかできないお役目みたいのがあると思うけど？」

凜子さんはニコッと笑った。

「お不動様の姿、さらにクッキリしてるわ。もしかして咲子さん、お参り行った？」

「えっ、わかるんですか？　そうなんです。この車を取り戻しに行った帰りに、実家近くの不動尊に御礼に行ったんです。もう何十年ぶりで」

「今度来る時は、京都の『清嵐庵』の抹茶大福もお願いって言ってる」

「は？　えっ？　お供えのリクエストですか？」

「うん。清嵐庵の抹茶大福、三つでいいからって」

「ええ～？　そうなんですか……あのお不動様が、大福ですか……」

「お不動様は、お菓子とか割に好きなんよ」

凜子さんの話を聞きながら、咲子さんは、笑いをこらえつつ、学生課へと向かった。

福の神

「サキコさん、ハバリザアスブヒ（おはようございます）？」

学生課のある校舎に入るとすぐ、アフリカ系の学生さんが咲子さんに声をかけてきた。背が高く、コーヒー色の肌はつやつや、大きな瞳は希望に輝いていた。

「ムズリサーナ（おはよう）、カイカラくん。どうしたの？」

カイカラくんは、東アフリカはウガンダからの留学生だ。

「サキコさんにもらった筆とスミとスズリ、チョーいーよ。ワタシ、お習字のセンセにメッチャほみらりた」

カイカラくんは、バックパックからクリアファイルを取り出す。その中には文字の書かれた半紙が大事そうに入れられていた。

「これ見て。ワタシ、赤でゴジュウ丸もらったよ」

半紙いっぱいいっぱいに『感謝』と書かれている。

「うわ、この文字、勢いがあっていいわよ！　褒められたのね？　字からパワーが出てるわ」

お習字の先生が五重丸をつける気持ちがよくわかる。

ウガンダという国を背負って、東の果ての日本へ、しかも古都京都を選んで留学した彼の意気込みが、画数の多いその二文字に込められていた。

「サキコさんのおかげで、日本、もっと好きになったヨ。お習字の先生、紹介してくれて、ワタシ、人生かわった。もっと日本のこと勉強して、ウガンダに持ってカエリタイ」

この九月から、烏丸大学に入学したカイカラくんだが、日本語がしゃべれない、読めない、環境に慣れないの三拍子で困っていたところにサキコさんが現れて、あれこれ助けてくれた。おかげで彼は今、大学生活を謳歌(おうか)している。

「これ、サキコさんにあげる。ワタシの感謝のキモチね」

カイカラくんはクリアファイルから、お習字を引き抜いて咲子さんに差し出した。

「えっ、でも、せっかく五重丸をもらったやつなのに？」

「また、書く。もっといい字、書く。サキコさん、これタファダーリ(どうぞ)」

「クエリッ(ほんとに)？　アサンテサーナ(ありがとう)！」

「カリブ(どういたしまして)。サキコさんのスワヒリ語、最初に聞いた時、ワタシ、嬉しかったヨ。サキコさん、日本での最初のオトモダチ。ワタシこそ、アサンテ(ありがとう)」

カイカラくんが振り返ると、いつのまにか後ろに続々と学生たちが並んでいた。みんな咲子さんに相談に来ている。

「みなさんゴメンナサイ、ワタシの番、これでオワリです！」

カイカラくんが列に並ぶ学生さんたちに頭を下げると、みんな笑顔で大丈夫、大丈夫とうなずいていた。

「じゃ、サキコさん、ハヤケショ！」

「ハヤ　ケショ、頑張って！」

咲子さんはカイカラくんからもらった感謝の習字を、自分の鞄の中のファイルに大事そうにしまった。額に入れて家に飾っておきたい。

そしてようやく、次の学生さんの番だ。

「咲子さん、先日はありがとうございました。えっと俺、願書、書いてきました」

水色の長袖Tシャツにスリムなジーンズ、足元は軽やかなバスケットシューズ。現在法学部二年生の男子学生がやってきた。寝て起きたばかりのクセのついた髪、けれど意思の強そうな眉、そしてとても優しい目をしている。

「鹿野くん、いらっしゃい、どうぞ」

咲子さんは男子学生を招き入れ、対話室のソファに座らせた。

先月、咲子さんの手腕で烏丸大は、アメリカ西海岸サンフランシスコ近郊のヘイワード大学と姉妹校提携を結んでいた。これからはヘイワード大の学生が烏丸大学に受講しに来るし、烏丸大学の学生も、あちらで勉強できるようになる。

「やっと決心してくれたのね。大丈夫よ、来年の九月入学までまだ時間はあるし、四月くらいまでにＴＯＥＦＬ（トーフル）の試験を何度か受けて、九〇点以上をマークしたら編入手続きをとるからね。九〇点以上を取ったら、大学から補助金が出るの。あちらの大学の寮も奨学金で住めるようになっているから、心配しないで」

　咲子さんは、少子化で学生が減った日本の大学が生き残るためにはグローバル化が必要で、学生をどんどん海外に送り、また海外からの留学生を受け入れ、相互に発展していくことが何よりの学びにつながると思っている。

「俺、英検準一級持ってて、ＴＯＥＩＣ（トーイック）は受けたことあるんですけど、八〇〇点いってないんですよね。九九〇点満点のＴＯＥＩＣで八〇〇点手前だと、たいしたことないから……」

「そんなことないわよ。八〇〇点取るのも大変よ。だから留学するのよ！　残りはあちらで勉強してくれればいいこと。ＴＯＥＩＣ八〇〇点手前まで取れていれば、あとは死ぬほど勉強したら、ＴＯＥＦＬ九〇くらい取れるわよ。一二〇点満点のＴＯＥＦＬで九〇以上を取っていれば、向こうの授業はなんとか聞けるようになるから。ＴＯＥＦＬの勉強をすることは、イコールあちらの大学の授業についていけるということよ」

「でも、死ぬほど勉強、なんですよね……」

「そう言うと思って、いいものを取り寄せておいたわ」

　咲子さんは席を立って、自分の机に戻ると引き出しを開け、そこから一冊の分厚いテキストを取り出した。それを鹿野くんに持ってくる。

「これ、実際のＴＯＥＦＬの過去問なの。ヒアリングのＣＤもついてるから使ってみて？　来る日も来る日も、とにかくここの問題を解いて。すぐに実力がつくから。最初は辞書をひいてもいいからやってみて。とにかく、問題に目を通すだけで頭に入ってくるのよ。これ絶対、お勧めなの」

　咲子さん自身、ＴＯＥＦＬ一二〇点中、一一三点をとっている人だ。ＴＯＥＦＬで百点以上取るということは、ネイティブと普通にディスカッションできるレベルだ。

　そして咲子さんが差し出したテキストは、日本では売ってない輸入版だ。

　学生はテキストを裏返し、値段を見てハッとする。彼は烏丸大の奨学生なので生活にゆとりはない。

「支払いは気にしないで。とにかく使ってね？　あなたがこれを全問解いて実力をつけてくれたら、それでいいの」

「頂いて、いいんですか……？」

「使って、使って。どんどん書き込んでいいからね。うちの大学がやってることだから。烏丸大は国際化に力を入れているの」

と言いながら、そのテキストは咲子さんが独自に仕入れてきたものだ。大学に申請している時間なんてない。もし明日、本気でアメリカに留学したい子がいたらすぐに手渡さないといけないと思っていたから、複数冊、自腹で取り寄せている。

「俺、本気だしてみますし！　ありがとうございます！　これ、今日からやってみます！」

鹿野くんはテキストを抱きしめると、嬉しそうに学生課を出ていった。

カイカラくんも鹿野くんも、順番待ちをしている学生さんもみんな、咲子さんにとっては自分の子どものようなものだ。実子には恵まれなかったけれど、今はこうして子どものような学生たちに囲まれて、日々生きがいを感じていた。

＊　＊　＊

そして正午になり、烏丸大学の食堂では――。

咲子さんと凜子さんは、お昼を一緒にすごしていた。

「ここのおうどんは、神がかってますよね。三百八十円でこのお味、信じられません。

これ、東京にはない味です。上品……学生食堂なのに」

　咲子さんの頼んだものは、卵とじうどんだ。しかも、生麩と湯葉がのっかっていて、京都らしさ満載だ。出汁はもちろん化学調味料をいっさい使っていない、透き通った関西風カツオ出汁。散らした細ネギから、ピリッと新鮮な香りがたつ。

「わたし、その生麩が好きやわぁ。生麩だけ集中的に食べたい。そうや、うどんと言えば、けいらんうどんっていうのがあってな、これは京都人のソウルフードなんよ」

　凜子さんは黒酢の酢豚ランチを頼んでいた。しかも「肉、マシマシで」と、給仕のおじちゃんにゴリゴリ頼んでいたのを咲子さんは目撃した。

　午後から授業が二つ連続するので、お肉でパワーをつけたいのだろう。

「あ、そうだ。咲子さんのレンジローバーについてた交通安全のお守りって、あれ、下鴨神社さんのやんね？」

　凜子さんに言われて、咲子さんはきょとんとしてしまう。

「え……ああ……ミラーにつけているお守りですか？　へ？　あれ、下鴨神社さんなんですか？」

　咲子さんは自分でつけておきながら、どこの神社のものかは意識していなかった。

　それから「ああ～」と大きくため息をつき、顔を曇らせた。

「あれ……実は私のじゃないんです。貸してもらったんだけど、結局返せなくて」

「お守りを、貸してもらったん？」

「はい……私、慌て者で運動神経も鈍いから、しょっちゅう怪我をしてて。中一の時、自転車に乗ってて土手で転んで骨折して、そうしたら幼馴染が京都で買ってきた自分用のお守りを、私に貸してくれたんです」

幼馴染とは和輝くんのことだ。ここにきてまた彼を思い出すことになり、咲子さんは不思議な心持ちがした。三十五年も会っていない人が、ここ数日で何度も何度も意識にのぼる。

「その幼馴染、私より二つ年上で、中三の時、京都に修学旅行に行ったんです。きっと自分に買った交通安全の御守りだったんでしょうね……。あれ？　でもどうして交通安全なのかしら……よく考えるとヘンだわ……中三だから合格祈願とかじゃないのかしら……」

後半、咲子さんは一人ぶつぶつ呟いていた。

「そしたらさ、それ三十年以上前のものってこと⁉　それにしては綺麗やけど？」

「はい……骨折が治るまで御守りをずっと貸してもらってたんですけど、その間に幼馴染は実のお母さんに引き取られてどこかへ行ってしまったから、返すに返せなくて……。それからずっと、御守りを木箱に入れて大事に保管してたんです。で、五年前かな……レンジローバーを買って、しばらくして事故りそうになったことがあって、急に幼馴染の御守りを思い出して、使わせてもらってたんです」

「そっか……いやにキラキラ光ってるから、何の御守りなんやろ思って見ててん」

「へえ……下鴨神社さんのですか……そういうの全然わかってなくて使ってました。ここから下鴨さんって、目と鼻の先ですよね。ついこの間も、下鴨さんのそばの『出町ふたば』さんに『名代豆餅』を買いに行ったところでした」

「そういうのも御縁やんな？」

　凜子さんはニコニコしながら言う。

「ホントですね……私、ちょうど幼馴染のこと、思い出してたんです。幼馴染――和輝くんっていうんですけど、和兄、元気かなって……今、どうしてるのかなって……。私、兄がいたんですけど、六つも離れてるとぜんぜん相手してもらえなくて、一緒に遊んだ思い出も少ないし、どっちかというと和兄の方が本当のお兄ちゃんみたいだったんです」

「いいなぁ、優しい幼馴染のお兄ちゃん……憧れるわぁ……」

「だけど凜子先生、御守りって普通、一年くらいしたらお授け頂いた神社さんに納めに行くんですよね？　一年守っていただいて、ありがとうございますってお礼かたがた……。と、いうことは私も、和兄ちゃんの御守りをお納めした方がいいんでしょうか。かれこれ三十五年も経ってるし……」

咲子さんは真剣に悩んでいた。

「ううん、あの御守りはあのままでええと思うねん。本来は一年でお返しに上がらんとあかんけど。気になってんのやったら一度、下鴨神社さんに行って、その御守りのお礼させてもらってきたら？　まだしばらく御守りを持っていてもいいですか、って。だって三十五年大切にしてきたものやのに、いきなりお納めするっていうのも、なんか寂しいやん……？」

「えっ、そういうこともアリ、なんですか？」

「アリよ。大切にしてくれていたら、下鴨さんも逆に嬉しいわ。あ、関係ないけど下鴨さんは、縁結びでも強力なパワーを発揮するねん。わたし、東京の親戚に下鴨さんの縁結びの御守りがほしいって頼まれて届けたことがあるねんけど、彼女、その御守りを八年八か月持ち続けて、素敵な旦那さんを見つけてゴールインしたわ。願いが叶(かな)った時、やっと自分で京都に来て、下鴨さんに御守りを納めとったな。っていうかあれは、下鴨さんのパワーもそうやけど、彼女の一途(いちず)さと、とにかくめげないド根性の勝利だったとも思うねんけど」

凜子さんの話に、咲子さんは深くうなずいた。

しばらくすると、昼休みが終わるチャイムが鳴った。

「あ、もう行かないと……。話していると、時間ってあっという間ですね」

咲子さんはそう言いながら、最後の最後に大切に残していた、透き通ったうどんつゆに浮かぶ生麩を二口で食べきった。

「ああ、やっぱりおいしいです！　凜子先生が、生麩を集中的に食べたいって言ってた気持ち、改めてよくわかります！　私も、もっと食べたい！」

レンジローバーが帰ってきてから、咲子さんはますます元気だ。


十一月中旬ともなると、午後四時過ぎにはもうあたりは暗く沈んでいる。

それと入れ替わるように温かみのある色合いの電灯が、あちこちで街をぼんやりと照らし出す。

夜は京都の歴史が目覚める時間だ。そして、不思議と着物姿の人が多くなる。

「あ、ほら咲子さん、あそこ見て。うす暗い方がよぉ見えるはずなんよ。このままあのバスは河原町下がってくな」

今は凜子さんがレンジローバーのハンドルを握っている。凜子さんが指さしているところは、河原町三条のバス停だ。

また、『下がる』か。一瞬、咲子さんの頭の中は空洞になる。下がるは南のこと。知っている。わかってます。もう学習済み。でも、その南北がどっちかわからないんですって！　こちとら静岡生まれの東京育ちなんですぅ!!　と叫びたくなる気持ちをぐっと抑えて、神妙に「はい」と、うなずいた。

運転好きの凜子さんは、咲子さんを助手席に座らせ、その膝にはにぬきをのっけて、二人と一匹で帰宅の途につくところだ。しかしさっきからなぜか、あっちこっちに寄り道をしている。レンジローバーの走り具合を試したいのだろうか。

「ほらあそこ、今ちょうど霊界行きのバスが来てるん、わかる？」

赤信号でとまったところで、凜子さんが言う。

「ヴ〜〜ヴ〜〜ヴ〜〜ヴ〜〜ヴ〜〜、オンッ」

咲子さんの膝にいるにぬきが低い声でうなったかと思うと、最後にオンッと高らかに吠えた。何やら自己完結しているカンジだ。

「えっと、あの、れ、霊界行きのバス、ですか？」

「いや、だからほら、来てるんやって？　河原町三条の停留所に……近未来のステンレスの新幹線みたいなバス……ピカピカに光っとぉし、目を凝らして見て。いや、目を細めたほうが見えやすいんかな？」

凜子さんは、目を細めている。

「あ……いえ……みなさんがバス待ちをして並んでいるのはわかりますが、バスはまだ来てませんよ……ね……？」

咲子さんはレンジローバーの窓を開け、今度はじっと目を凝らして見てみるが、大通りの排気ガスが入り込むだけで、何ら特別な乗り物の姿は見えない。

「いや、来てるって。ちゃんとよく見て？　咲子さんが霊界バスを見たいっていうから、一番見やすそうな夕方を選んで、さっきから市内を連れまわしとぉねんけど」

「いえ凜子先生、私、霊界バスを見たいって一度も言ってませんから」

「まあほら、でも見て、あそこに並んでる人の……一、二、三、四……五番目のセレブなマダム、おるやん？　七十歳くらいの上品な……。ほら、藤色のシャネルスーツを着てらっしゃる方。バッグもシャネルやん……あ、やだ、あれシャネルの最新作やんか。さすが、マダムは亡くなる時も粋やな。見習わなあかん。ほら見た？　今、彼女だけ乗ってったやろ？　あ、なんかわたし、亡くなった方が乗るところ久しぶりに見たかも……いつぶりやろ……」

「先生、信号青だから、感心してないで行って下さ――いっ」

こういうときの凜子さんは、我が道しか行かないことを咲子さんは知っている。

「ねぇ、ちゃんと見た？　シャネルのマダム。この時間帯……完全に日没してない日没までの数分間が一番、現世と霊界が交差する時なんよ……普通には見えないんじゃなくて、見えとぉけどそれが霊だって気づいてないだけやからね？　ねえ、ちゃんと見よぉよ！　見る気出して？」

プップ――――！

いらついたクラクションの音が、後ろから圧をかけてくる。ハイビームで照らされてもいる。後続車の運転手はかなり怒っている。

凜子さんは小さく「チッ」と舌打ちすると、車を発進させた。

「いや、だから先生、『チッ』じゃないから。交通マナーを守りましょうよ。一応、大学の教授なんですからっ。ハイビームにしたくなる後続車のキモチ、私すっごくよくわかりますから！」

咲子さんに怒られると、凜子さんは黙って運転を始める。けれど進む方向が、自宅のある御所南とは明らかに真逆だ。いわゆる『下がってる』らしい。

ミラーの裏で、交通安全の御守りが揺れている。

咲子さんは、御守りに特に感謝もせず、このレンジローバーに乗り続けてきた五年間を恥じた。あんなに会いたかった和兄のことも、東京にいたときは思い出しもしなかった。

この五年は特に、あんな精神状態でよく事故ひとつおこさず運転してきたと思う。もしかして自分は、ずっと和兄に守られていたのかもしれない。

「ほらほら咲子さん見て、『博物館 三十三間堂前』のバス停……あのちょっと先にあるやろ？　霊界バス。あ、あれって割と新型みたい……わあ〜、初めて見たかも！

シートが広くなっとぉやん〜〜？」

凜子さんは大興奮だ。もしかして、まさかの乗り鉄？　いや、霊界行きだから安易に乗ってはいけないはず。じゃあ鉄っちゃん？　ちがうわ。だって趣味の対象は鉄道じゃなくてバス。ってことは、バスヲタ？

そんなことを考えながら、咲子さんは目を凝らしてバス停を見た。

しかし、そこには観光客が数名並んでいるだけで、新型とかいうバスの姿はない。

「あの並んでいる人の中の一人、スーツ姿の中年男性が霊界バス待ちだったの、わかった？」

「いえ……わかりません……観光客の女の子が四、五人いただけです……」

「そっか……最近、咲子さんってかなり感度よくなってたから、もしかして見えるかな〜と思って、ちょっと興奮してもたわ。ごめん」

「私……まだまだこれから色々がんばってみます……」

咲子さんは、遠慮がちに言ってみる。

「ということで咲子さん、久しぶりにおくどさんのおいしいご飯、食べに行こ！　にぬきもおるし、あの女将さんとこやったら、外にテーブル作ってもらえるし……ね、にぬきも女将さんに会いたいやんな？」

凜子さんが言うと、にぬきが「オンッ」と鳴いた。たぶん、女将さんがくれる高級ジャーキーに歓喜している。

「おくどさん！　いいですね！　私、おなかぺっこぺこです！　実は今晩、自炊する気ゼロでした！　私、ホントこの頃、こんなに手を抜いていいのかしらっていうくらい食生活に手を抜いて、超自堕落生活満喫しています！」

「決まりっ、行こ行こ！」

凜子さんはアクセルをふかすと、ぐるっと回って河原町三条へと上がって行った。

＊　＊　＊

「凜子さん、咲子さん、おおきに。こんなに寒いのに外でええんかいな？　今夜はお客さん少ないから、中に入らはったらええわ。にぬちゃんはいつもバギーの中でおとなしいから、かまへんし」

かまどで炊いたおいしいご飯を出す、町屋が並ぶ通りの老舗和食店の女将さんは、親切にもそう言ってくれる。

今日も店の入り口には盛り塩がしてある。

「いえいえ、女将さん……ほら、わたしが入ると……急に……ね？」

凜子さんは、もごもごご言い出した。

「ああ……そうやった。めちゃくちゃお客さんが入ってきはるんやったわ。それはうちとしては嬉しいことやけど、たいがい対応できへんくらいの人が集まらはるし。今夜はそんなにおばんざいを用意してないし、あかんなぁ……」

女将さんは粋な着物に身をつつみ、大ぶりの水晶玉がついたかんざしを髪に挿している。信心深さナンバーワンで、凜子さんに全幅の信頼を寄せている。一度、おくどさんが魔物にやられて店がダメになりかけたのが、かなりのトラウマなのだった。

「そういえば、凜子先生が行く店って、先生が入った後から、次から次へとお客さんがやってきますよね……あれって、そういうことですか？」

「そういうこと。いわゆる生きた『福の神』状態？　とくにうちの店では、それが顕著にあらわれるんよ」

女将さんは笑いながらも、最後には凜子さんに手を合わせている。

「ほんなら後で、ひざ掛け用意させてもらいますし」

女将さんは、店の外にいつもの四角いレトロな鎌倉彫のテーブルを出してくれた。

「ここよ、ここ。寒いけど、なんだか京都の路地って落ち着くんよ」

凜子さんはテーブルの角を手でさすり、ニコッと笑った。

「女将さん、今日は色々食べたいねんけど。できれば生麸料理のオンパレードで適当に見繕ってほしい！」

凜子さんが言うと、咲子さんの目が一回り大きくなった。

「あ、私も同じくです、生麩オンパレードで！　わあ、そんなのあるんですね！」

咲子さんは、右手を挙げながら言った。そして思い出す。

結婚してから、咲子さんは一度だって、何が食べたいと自分から進んで言ったことがなかった。いつも旦那の好きなものをせっせと作っていた。料理の腕前はかなりのものだった。でも、胃袋はつかめなかった。

今は、朝も昼も晩も自分が好きなものを食べている。そして、おいしいものを食べるたび、生きる力がわいてくる。食は命だ。

おくどさんで炊いたお米。

生麩のお刺身をわさび醬油で頂く。そのつるんとした食感。

生麩の一口カツ。サックサクに揚がる衣と、もっちもちの生麩のコラボレーション。

生麩の田楽。ヨモギ麩の白みそ仕立て。食感に歯がずっと喜んでいる。永遠に嚙んでいたい。天国だ。

生麩、生麩、生麩……。

生麩は言うなれば、タンパク質たっぷりの健康的なお餅だ。食べ過ぎたって自分を責めることはない。太らない餅……それが生麩……というのはたぶん言い過ぎだが、咲子さんと凜子さんは、それほどまでに今、生麩教の信者となっていた。

最後は生麩のゴマ団子でしめる。餡子とゴマのプチプチが、もっちりの世界に飛び込んでいく……。咲子さんは感動で、しばし言葉を忘れていた。

と、その時、町屋が並ぶ路地を大きな乗り物が走っていった。

気のせいか、抹香臭い排ガスを出していたような？

にぬきはバギーの中で立ち上がり、それを目で追っていく。

「今のはさすがに見えたんちゃう、咲子さん？」

「えっ……？」

「バス。ほら、にぬきも見てたじゃない？」

「いえ、見てません」

咲子さんは頑なに否定する。

「いや、見えてたやろ。咲子さん、目で追ってたやん。ステンレスみたいなので、できたピッカピッカのヤツ」

「いえ、なんでこんな路地を走るのかなって……ここ、市バスの路線じゃないですよね？」

咲子さんは明らかに動揺している。

「ほら、見えとぉやんか。だから、今のがそうなんやって」

「えええ……あれが霊界バスですか？」

咲子さんの声は、地底を這うように暗い。

「せやって、わたしたちさっきから霊界バスの話ばっかりしてたし、ちょっと寄ってくれたんちゃう……用事あるんかな？　って」

「いえいえいえ、私、乗る気ゼロですから。今じゃないから！」

咲子さんは相当焦って、手を左右に激しく振った。

「冗談やって。そんなことでルートは変わらんわ！　あれは、この路地を抜けて西入った『堀川御池』らへんのバス停に行くんやわ」

凜子さんはそう言うと、すっかり冷めたほうじ茶をごくっと飲んだ。

「また『西入って』ですか……（左曲がってって言えばいいと思うんですが）。あの……結局、霊界バスは普通のバス停を使うってことですか？」

京都の上下東西表現にいつまでたっても馴染めない咲子さんだ。

「停留所も使うってだけで、堀川御池んとこは普通の道端やで、多分。市バスの停留所はわかりやすいけどな」

「お寺の前で停まるのはわかりますけど、葬儀場には必ずしもバス停があるわけじゃないですよね？　そういう時は、どうなるんですか？」

「葬儀場の前までお迎えに来てもらおうとか図々（ずうずう）しいかもしれへんで。ちょっと歩いたりテレポーテーションして、お迎えの来る停留所まで自分で行くねん」

「友引とかは運行中止……なのかしら」

咲子さんはわずかに悩む。これって今、必要なインフォメーションだろうか。

「運行中止とかはないけど、友引の時はこっちに引き留められやすいしあぶないからな」

さらりと告げて、凛子さんは続ける。

「まあとにかく、わたしホッとしたわ。さっきバスが来た時、咲子さん、絶対乗りたくないっていう顔をしてたやんか」

凛子さんは真面目な表情で言った。

「ごめんなさい……。私、今朝ヘンなことを言っちゃいましたもんね。自分は現世にそんなに執着がないから、いつでもバスに乗れる、だなんて……」

咲子さんはここでようやく、凛子さんの気持ちがわかった。上下東西表現にも早く慣れていきたい、という前向きな気持ちになった。

「ううん、ええのええの。さっきの咲子さんの現世にめっちゃ執着してる顔を見て、めっちゃ嬉しかったし。ああ、もう大丈夫やな、ってわかったし、ね」

優しい顔だった。

長いつき合いでもない自分をここまで心配してくれて、咲子さんは胸がいっぱいだ。

肉親はもういなくて、元旦那からも大切にされたことがなくて、ずっと孤独と隣り合わせの生活をしていたけれど、今はもう一人じゃなかった。

凜子さんがいて、にぬちゃんがいて、京都の街があって、好きな仕事まである。元旦那がひどい人だったからこそ、こんな幸せを今、受けているのかもしれない。そう思うと咲子さんは、過去の最悪な結婚生活にまで少しだけありがとう、という気持ちになった。

ポジティブ・シンキング。これも凜子さんに教わったことだ。

京の香り

　十一月終わりの京都は、それまでの喧騒（けんそう）が嘘みたいにひっそりと静まり返る。秋の行楽シーズンを終え、落葉の赤、黄色が色褪せてくると、目に見えて観光客は減ってくる。けれどこれはただの嵐の前の静けさで、師走になるとまた続々と冬の京都を楽しみに大勢の観光客が戻ってくる。

　今日も出汁のきいたうどんをお昼に頂き、学生課に戻ると、学生さんが一人、咲子さんを待っていた。来年アメリカに留学予定の鹿野くんだ。今日はさすがに冷えるのか、紺のダッフルコートを着ている。くったくのない笑顔を見ると、なぜか懐かしい気持ちになる。

「咲子さん、この間はTOEFLのテキストありがとうございました。俺もう、三分の二くらいはやってん。すごく難しいけど勉強になります」

「ええ、あの分厚いテキストを三分の二もやっちゃったの？　頑張ってるのね〜」

「さっそく来月、テストを受けてみようと思って」

「えらいわあ！　すごい!!　応援してる！」

「九〇点以上がとれなかったら、一月にもまた受けます」

「そうね、何度も受けられるのがTOEFLのいいところよね。あ、そうだわ。今持っているテキストを全部やってしまったら、次の一冊もあるから……」

咲子さんは自分の机に行き、引き出しをあけると、別のTOEFL過去問を持ってきて、鹿野くんに差し出す。

「いいんですか？」

「いいのいいの。学生がやる気になると、大学も嬉しいのよ。私ももちろん嬉しいし。実は私ね、大学時代、言語外国語学部にいて、すごくイギリスに留学したかったの。でもその頃は、留学ってハードルが高くてね……諦めちゃった。今は旅行であっちこっちに行けるけど、留学ってやっぱり特別よね。若い元気な時しかできないもの。だからできるかぎり鹿野くんを応援するのよ！」

「今は年齢関係なく留学できる世の中ですよ。咲子さんもチャレンジして下さいよ！」

鹿野くんは、逆に咲子さんを励ましている。

「そっか……そうよね。私だってやろうと思えば留学できるわよね。でも今は京都に留学中だから、よその場所に行く気がないのよ。京都が好きで好きで……」

咲子さんはそう言って笑った。

「あ、なんかそれ嬉しいです。俺もこの土地、大好きですから」

鹿野くんは、胸を張って言った。

「あ、そうだ。これ……母親が咲子さんにって。俺、このために来たんだった」

鹿野くんは思い出したように、バックパックを下ろすと中を開いて、紙包みを取り出した。

「え？　なに？」

「うち、和菓子の店をやってるんです。嵐山の外れに店があるんです。小さい店やけど創業六十年くらいかな？　おいしいですよ、食べて下さい。結構、人気なんです」

「ええっ、いいの？　私、甘いの大好きなの〜」

「それ、看板商品の大福です。でもうち、従業員が家族だけだから、年中人手不足で、たくさん商品を作れなくて……一日の分が売り切れたら、二時でも三時でも店閉めちゃうんですよ。商売っ気ないんです」

「ありがとう、嬉しいわ。ごちそうになるわね」

そう言って紙包みをまじまじと見ると、白地に藍色の富士山の絵が描いてある。店名は富士山の裾野に記されていた——『清嵐庵』。

咲子さんは一瞬、首をひねる。

「私、この店……どこかで聞いたような……」

「ええ？　うちの店、小さいから食べログとかにも出てませんけど……味はいいけど、ほんと細々とやってるんですよ。地元密着型の店なんです」

……抹茶大福、三つ……

「え、やだ、ウソ……」

「何がウソなんですか？」

「あ……いや……大福って、もしかして抹茶大福？」

それは確か、お不動様からのリクエストだった。

「はい、抹茶大福ですけど。え、なんでわかりました？　俺、大福としか言ってませんよね」

鹿野くんはぎょっとしている。

「あ……いえ……私の実家近くのお不動様が、お供えだったら抹茶大福が好きって、聞いたので」

あまりスピリチュアル的なことを言って変に誤解されると困るので、咲子さんはなんとなく言葉をにごした。

「へえ、そうなんですか。でも、それって嬉しいなあ……。めちゃめちゃピンポイントやないですか？」

「そうそう……すっごいピンポイント。大福じゃなくて抹茶大福なのよ。あ、そっか、うちのお不動様って静岡だから、お茶が好きなのね！」

「えっ！　うちの抹茶大福って抹茶に超こだわっていて、宇治茶じゃなくて絶対静岡茶なんです。しかも、富士山茶の抹茶しか使わないんですよ。農薬も化学肥料も一切使ってないお茶農家さんと契約してるんです。一口食べると、まずふわ～っと抹茶の香りが広がって、あの苦みが餡の甘さによく合うんです」

「ええ？　私、富士山の麓出身で、苗字も富士宮よ？」

「ああ……そう言えばそうですね。いつも咲子さんって呼んでたから、苗字のことすっかり忘れてましたけど。へえ、咲子さんって静岡出身なんですか？」

咲子さんは、背中がぞわぞわしてくるのを感じていた。

「うちのお祖母ちゃんが昔、静岡に住んでたことがあったんです。でも実家は京都だからこっちに帰ってきて、和菓子職人だったお祖父ちゃんと結婚して、生まれたのがうちの母です」

「そうなのね……」

言いながら、咲子さんの頭の中がシ――ンと静まり返っていく。

ジグソーパズルをやっていて、最後のピースがはまりそうな瞬間だ。

「えっと、あの、お祖母様って、今おいくつ？」

「お祖母ちゃんは、八十一かな……。お店に出てますよ。元々、祖父母の店ですから愛着があるんです。毎日必ず顔をだしてますよ」

「そう、お元気なの。それはよかったわ……」

咲子さんはドキドキしていた。鼓動が自分で聞こえるくらい、胸が高鳴っていた。

「あ、あの、抹茶大福ありがとう」

お礼を言うと、咲子さんは自分の席に戻り、しばらく放心していた。


週末。咲子さんはレンジローバーに乗り、嵐山へと向かっていた。

冬枯れの山を背景にしても、渡月橋(とげっきょう)は多くの観光客で賑わっていた。咲子さんは和菓子が売り切れてしまわないように、午前中に到着している。車を降りて歩くと、耳元ではずっと桂川(かつらがわ)が威勢よく流れる音がしている。

その流れを目の端でとらえながら進むと、鹿野くんが言った通り『清嵐庵』は嵐山の外れに小さい店を構えていた。そこまで行くと観光客の姿はぱたりとなくなる。と同時に、ピイッピイッと高く澄んだメジロのさえずりが聞こえてきた。

暖簾をくぐり、透明なガラス戸を横滑りさせて『清嵐庵』内に入ると、地元の人たちが先客で数人いて、和菓子を買い求めていた。人気の抹茶大福はどんどん売れていく。

奥の厨房では、背中に富士山の絵が入った紺の作務衣姿の旦那さんが黙々と働いていた。鹿野くんのお父様だろう。店に出るのはその奥さん、鹿野くんのお母様。

ようやく咲子さんの番になった。

「あの……抹茶大福を六つ下さい」

咲子さんは鹿野くんのお母様に注文した。半分は凛子さんへのお土産だ。

カウンター前に一歩近寄ると、茹で上がる小豆のいい香りがした。

「おおきに。今日は最中をサービスさせてもろてます。どうぞ食べてみてくださいね」

トングでつまんでチラッと見せてくれた最中は、ダルマの形をしていた。

愛想のいいお母様だ。笑顔があふれている。

こんなに忙しいタイミングで聞いていいものなのか、咲子さんは躊躇した。

「えっと……お祖母様は今日、お店にいらっしゃいますか？」

緊張で頬が火照ってくる。

「ええ、はい。母でしたら店の前のベンチに座ってるはずですけど。今、お茶してはるかな。日課なもんで。お抹茶の味をチェックするのが最重要任務なんです」

そう言って笑った。その笑顔に、咲子さんは涙がこぼれそうになった。まちがいない、と確信した瞬間だ。そっくりなのだ。

ありがとうございます、と、紙の包みをかかえて店を出ると、お祖母ちゃんは、手作りの木製ベンチに腰かけて、富士の絵柄が描かれた楽薬のお茶わんで、上品にお抹茶を飲んでいた。お茶うけにはお店の商品がいくつもならんでいる。味見も重要任務のようだった。

「こんにちは。寒いですね」

咲子さんは、ためらいもせず声をかけてしまった。

「まぁ。いつも、おおきに」

お祖母ちゃんは、しっかりした声で応じた。茶色の紬（つむぎ）にちりめんの半襟をつけている。お抹茶色に薄桃色の梅の花がちりばめられた半襟だ。そんな小さなお洒落がとても可愛い。その上から真っ白い割烹着を羽織っていた。

「あの……私、静岡の富士市出身で、富士宮っていいます」

お祖母ちゃんは、きょとんとした。

「富士宮咲子といいます。和輝くんの幼馴染でした」

それを聞いて、お祖母ちゃんは茶わんをそっとベンチに置いた。

「咲子ちゃん……咲ちゃんね……」

咲、というのは、和兄ちゃんが咲子さんを呼ぶときの名前だった。

「はい、咲です。あの……私、十二歳の時に自転車で骨折して、和兄ちゃんに交通安全の御守りを貸してもらって……それからずっと返せなくって……」

咲子さんは、バッグから下鴨神社さんの交通安全御守りを取り出して、お祖母ちゃんに渡そうとした。その手が、ぶるぶる震えていた。

「ずっと、大事に持っていてくれたの……？」

「はい……お返ししたくても、和兄がどこに行ってしまったのか、わからなくて……お返しできなくて……ごめんなさい」

「和輝から、咲ちゃんの話はよく聞いてましたよ。あの子が辛い時、仲良くしてくださったのよね？」

「違います、逆です。私が辛い時、和兄ちゃんがいつも力になってくれたんです」

それを聞いた瞬間、お祖母ちゃんの目が涙でいっぱいになる。

「あの……和兄は、今……どうしてます……？」

……ここにおるやん……

桂川から吹いてくる風にのって、咲子さんの耳にそんな声が聞こえてしまった。

「和輝は十五年前、三十五歳の時に事故で亡くなったんです。近所の子供が、車にひかれそうになったんやけど、その子を助けようとして……。和輝は結婚してへんかったけど、妹の子供たちをそれはもう可愛がってたてんけど……。和輝が助けたのは、甥っ子の孝輝（たかあき）の友達やったん。その彼ももう十八歳で、看護学校に進学しはってん。助けられた命や、言うてね。彼もほんまにええコでね……」

咲子さんは頭が真っ白になった。

「事故だなんて……そんな……どうしよう……私が交通安全の御守りを返さなかったから……私がすぐ返していたら、和兄、今も元気でいたかもしれないのに……」

あまりのショックに、咲子さんはヘタヘタとその場に座り込んでしまった。

「咲ちゃん、何言うてんの。その交通安全の御守りは、京都に修学旅行に来た和輝に、私が買ったやつなんよ。当時、私と和輝は手紙のやりとりはしてたから、自由時間に下鴨神社さんで会おうって約束をしててね、いつか一緒に住みたいねって、ぎょうさん話もしてて京都に来られるようにっていう願いをこめて、交通安全の御守りを持たせたんよ。その願いも叶って、ようやく私が和輝を引き取ることができたんよ。私の再婚相手もそれはもう和輝を可愛がってくれてね。京都に来てからのあの子の人生は、幸せやったと思うんよ。もちろん、事故に遭ってしもうたことは辛いけど、人の人生は長さとちゃうなってこの頃は思えるんよ。あの子は精一杯、自分の役割を全うしたんよ。ね、ほら、立って立って？」

和輝くんのお母さんの手が、咲子さんを引っぱり上げた。

「咲ちゃん、いつも日曜日のお昼はお弁当を作って、近くの公園で和輝とゴハンを食べてくれてたんやって？　雨の日は咲ちゃんのお母さんが、おうちでごちそうしてくれてたんやろ。あの子が日曜はいつも、家族に放っておかれていたのを知ってはったんやろね」

和兄ちゃんの父親と継母は、日曜日は決まって和兄ちゃんだけ置いて、よく夜遅くまで出かけていた。咲子さんは子ども心に何か触れてはいけないものを感じていたのを思い出した。

「咲ちゃんは、学生服のボタンがとれればつけてくれたり、体操着のゼッケンが外れれば縫い直してくれはったり、サッカー用の靴下に穴が空いたら、繕ってくれはったんやって？」

和輝くんのお母さんは、咲子さんがしたことを全部知っていた。

「お誕生日ケーキも毎年焼いてくれたんやって？　咲ちゃんの家で、パーティーしてくれたり、ご両親様もお兄様も、とっても良くしてくれたって言うてたんよ。なのに私、お礼にも伺えへんで、ホント、ずっと申し訳なく思ってたんよ……」

「違うんです。私とろいから、小学校の時よくいじめられて、仲間はずれとかもされていて、独りぼっちが多くて……でも、和兄がいつも近くにいてくれて……だから、平気でした」

「咲ちゃんは頭がよかったから、よすぎていじめられてしまうんやって、和輝が言うてたわ。その上、おとなしくて優しかったんやろ？　そういう子は、いじめのターゲットになってしまうって……京都に来てからも心配してたわ、あの子」

咲子さんはベンチに腰かけ、お母さんの話を聞きながら、涙を止められなくなってしまう。

「和輝ね、烏丸大付属中学の数学の先生をやってたんよ。今でも必ず、命日には大勢の生徒さんがお墓参りに来てくれはるし。ええ先生やったんやろうな、って思うんよ」

咲子さんの涙はこの瞬間、止まってしまう。

「か、烏丸大付属……中学……ですか？」

その中高一貫校は、大学の隣に併設されている。

「そうよ。だから孫の孝輝は烏丸大に通っているの。孝輝も……よぉ遊んでもろてたわ」

鹿野孝輝くんのことだ。思えば孝輝の輝が、和輝の輝と同じだった。

鹿野くんのくったくない笑顔を見るたびに、懐かしくなるはずだ。

「あ、あの……私、烏丸大学の学生課に勤めてるんです」

「え？　もしかして咲ちゃんが、うちの孫がお世話になっている学生課の先生？　留学のこととか相談にのってくれてるっていう？」

「はい……そうです……」

あまりのつながりに、咲子さんは頭がクラクラしてくる。

「えっと……私、本当はずっと東京にいたんですけど、色々あって……今年の九月に京都に来て、気がついたら烏丸大にお勤めできるようになっていて……」

咲子さんの声が震えてしまう。

「ああ……じゃあきっと、和輝がつないだんやね……九月はあの子の命日やし……」

お母さんの言葉に、咲子さんはまた涙が止まらなくなる。なぜ、自分が京都に来たのか、やっとわかったような気がした。中三のあの時、和兄ちゃんは京都のお土産に匂い袋を買ってきてくれた。咲子さんはそれがとても嬉しくて、いつも身につけていた。そして自分が中三になった時、新京極でまた新しい匂い袋を買っていた。和兄ちゃんの匂い袋が二年経って、香りが消えようとしていたからだ。

匂い袋の思い出は、和兄ちゃんの思い出だった。そしてそれは、懐かしい京都の思い出につながっていた。

「もう、泣かんといて……よぉここを見つけてくれたわ……和輝がどんなに喜んでるか、私にはわかる……」

お母さんは袂から(たもと)ハンカチを取り出し、目頭を押さえた。

「この交通安全の御守り、咲ちゃんに持っててほしい。咲ちゃんが元気でいること、無事でいることが、和輝の何よりの願いやと思うし……」

先ほど渡された御守りを、お母さんが咲子さんに返した。

「そんな……私なんかが……まだ預かっていていいんでしょうか……」

「ずっと持っててあげて……咲ちゃんが元気でおることが、あの子の幸せなんや」

……咲子さん、泣かんでええんよ。泣くと魔物につけいられるねんから。

魔物は人の不幸が大好物やねん。思い切り泣くのは、嬉し泣きの時だけにしときよし……。

突然、凜子さんの声が胸に甦った。

自分が嵐山界隈(かいわい)でさっきからずっと泣いているのを、凜子さんが感じとったのかもしれない。この瞬間、咲子さんは、ようやく無理やり口角をあげて笑顔を作った。

「ああ、咲ちゃんかわいいわ。和輝がいつも言うてたわ……。咲ちゃんは笑顔がめっちゃ可愛いんやって。あの子きっと、咲ちゃんの笑顔に救われてきたんやね……」

お母さんが目を細めてうなずいた。

「さっきから泣いてばかりで、ごめんなさい。和兄も私の泣き顔、嫌いだったことを思い出しました。和兄、いつも私が、泣かされて帰ってくると、一生懸命、笑わせてくれたんです……私、そんな和兄が、大好きでした……」


……大丈夫、僕がいっつも……咲を守ってんねんから……


ふいにまた、和兄ちゃんの声がした。

咲子さんには見えないけど、聞こえる。

「あの……お母さん、私また、お母さんに会いに来ていいですか？」

咲子さんが言った。

「わぁ嬉しいわ。咲ちゃんと話ができる日が来るなんて、生きてみるもんやね」

そう言うと、小さなお母さんが、咲子さんをそっと抱きしめてくれた。

紬の着物から、懐かしい匂い袋の香りが立ち上る。

まぎれもない、それは和兄の香りだった。

余話　木花咲子姫（コノハナサキコヒメ）

出会いは、三十二年前の昭和六十五年（正しくは平成二年）の夏にさかのぼる。

当時まだ高校一年生だった富士宮咲子さんが、夏休みを利用して、イギリスはオックスフォードに、二週間の語学留学に行った時のことだった。

最終日から三日間はロンドンでの自由行動が許され、十五歳の咲子さんは慣れない異国の大都会で、かなり緊張しながら街を彷徨っていた。

ようやくたどり着いた店は、地上五階、地下二階の七階構造のおもちゃ屋さん、ハムリーズ。イギリス最古にして最大規模の豪華な玩具店のビルの前、咲子さんは、そのあまりの華やかさ賑やかさ高級感に気後れして、中に入るか入るまいか、相当悩んでいた。

「あなた、ツツ女の生徒さん、でしょう？」

振り向くと、背の高い優しそうな日本人のお姉さんが、素敵なビクトリア風のワンピースを着てニコニコしながら立っていた。

「え、あっ、はい、私、ツツジ女学園の生徒です！」

日本語で声をかけられて、咲子さんは一瞬にして大きな安堵につつまれていた。

「あなたのサブバッグのマーク、ツツ女のものだから……あの、私は、東京のスミレ女学園の卒業生なの。スミ女と静岡のツツ女って、姉妹校でしょう？　懐かしくて、つい声をかけちゃった。ごめんなさい、驚かせちゃった？」

お姉さんは、咲子さんのサブバッグの真ん中にあるポケットの革飾りに、本当に小さく型押ししてあるツツジ女学園の校章を一発で見抜いていた。

そして現在、昭和九十七年（正しくは令和四年）、十二月の日暮れ時。

東京は世田谷区、固定資産税が天文学的な数字のお屋敷の正門前で、一人の女性が昔懐かしいローラアシュレイの小花柄のワンピースを着て立っていた。

年齢はアラフィフ？　かなり浮世離れした感じがする。木枯らしが吹く度、肩下三十センチのウェーブのかかった髪が、めちゃくちゃに舞い上がっている。ワンピース一枚だが、腕には真っ白い毛皮のマフをして、寒くはなさそうだ。マフとはヨーロッパなどで流行った女性用の両端の開いた円筒状の防寒具で、そこに両手を差し入れるもの。さすが富裕層が住む町の防寒具といった感じだ。

「咲子姫ちゃんっ、いらっしゃーい！」

白いマフの女性が大きく手を振った。と同時にマフは、いつのまにかするりと肩に移動している。

あ、なんだ。マフではなくて猫だ。彼女は真っ白い猫を抱いていたのだ。これなら毛皮反対運動の皆様も、笑って許してくれるに違いない。

一方、「咲子姫」と呼ばれた相手は、淡い茶色に染めたショートカットに、ベージュのカシミアのロングコート、首にはアクアスキュータムのマフラー。そして膝まである茶色のブーツをスッキリとはいていた。

「きゃあ、楓子先輩〜っ！」

門前に立つ楓子先輩とやらを見ると、嬉しくてしょうがないのか、「咲子姫」——咲子さんは、いきなり走りだした。

「楓子先輩、私っ、私っ……すっごく心配かけてしまって、ごめんなさいっ！」

咲子さんは、楓子先輩の元へ駆けつけると、その腕をぎゅっとつかんだ。

「大丈夫よ、会えてよかったわ。咲子姫ちゃん、ショートカット、すごく似合ってる。私、咲子姫ちゃんのショートカット姿、もしかしてこの三十年で、初めて見る？」

楓子先輩は、肩に乗った白猫をまた胸に抱きかかえた。

「わあ、綺麗な猫ちゃんですね。あれ？　このコ、もしかしてユキちゃん？」

咲子さんが、白猫の喉をなでながら言うと、

「咲子姫ちゃん……ユキはもう二十年くらい前に虹の橋を渡ったの……で、このコは

ルルちゃんっていうの。まだ三歳くらいかしら……ある日突然、やってきたのよ」

優しいお姉さんが好きなルルちゃんは、咲子さんをじっと見ている。

「あ、咲子姫ちゃん、そのマフラー、もしかしてロンドン本店で買ったもの？　あっ、そのカシミアのコートも、ハロッズのアフター・クリスマスセールでゲットしたものよね？　懐かしいわ……」

「そうなんです。今日は楓子先輩と会うから、ロンドンで買ったものを引っ張り出して着てきたんです！　ほら、このクマちゃんも見て下さい、最初にハムリーズで楓子先輩に会った時、プレゼントして頂いたものです。連れてきちゃいました！」

咲子姫は静岡県にある有名女子校・ツツジ女学園の卒業生で、楓子先輩はその姉妹校である東京のスミレ女学園の卒業生だった。

それから咲子姫は、腕にかけていたロエベのボストンバッグを開くと、先ほど言ってたハムリーズ・ブランドのまん丸のつぶらな黒目が可愛い、小さなこげ茶のクマのぬいぐるみを取り出して見せた。

「ロンドンの人混みに呑まれて、ハムリーズの建物の中に入れなくておどおどしてたら、楓子先輩が声をかけてくれて、ハムリーズを案内してくれて、その後、フォートナム・アンド・メイソンでアフタヌーンティーまでごちそうになって……。あれって今思い出しても、夢みたいな時間でした」

「フォートナムって、一人だとアフタヌーンティーがしづらいの。こちらこそ、ご一緒してくれて嬉しかったわ」

「あの時、楓子先輩はロンドンの美大生でしたよね。私は東京さえまともに行ったことがないのに、いきなりイギリスでしたから。オックスフォードの語学学校に通ったはいいけど、授業はわけがわからなくて毎日頭が真っ白で、早く静岡に帰りたいって思ってたのに、最終日から三日間でロンドンに行って、楓子先輩に会って、ロンドンが大好きになっちゃって……その翌年も、また翌翌年もロンドンの楓子先輩のご自宅へ遊びに行って……今思うと、かなり図々しかったですね」

「そんなことないわよ、遊んでもらったのはこの私。ロンドンに日本人のお友達なんていないから（あ、東京にもそんなにいないわね）、長いお休みごとに咲子姫ちゃんに来てもらって楽しかったわ。まるで妹ができたみたいだった。あっちこっちでアフタヌーンティーしたり、パブに行ったり（イギリスの飲酒年齢は条件付きで十六歳からです）、お洋服を買ったり……また一緒にロンドンに行きたいわね？」

「ええ、本当に！　楓子先輩はロンドンに行くと、ずっと英語でしゃべってくれるから、私、かなり英語がうまくなりました！　おかげさまで東京外国語大学の言語外国語学部に受かりましたし。で、今そこで学んだことが、烏丸大学で活きているんです！」

人生は不思議と、すべてが色々繋がっていく。

「あとほら、このバッグ、見て下さい！　これは私が外語大を卒業した年、楓子先輩がお父様とのお仕事でスペインにいらした時に、買ってきて下さったボストンバッグです！　卒業記念にってプレゼントして下さって……。私、このバッグだけは、片時も手離したことがないんです！」

柔らかな革でできた上品なロエベのボストンは、今日着ているカシミアのコートにぴったり。濃いベージュに茶色のラインは、日本にはなかなかないデザインだ。長年使っているわりに革が傷んだ様子もない。大切にしているのがよくわかる。

「実はこの間、私を助けて下さった烏丸大学の一凜子（にのまえりんこ）先生が、小型トラックを佃煮店のお兄さんから借りてきて、京都から東京のマンションまで、高速をぶっ飛ばしてくれたんです！　私、もう二度と元旦那のマンションに行くことはないと思っていたけど、凜子先生が思い出の品は全部、取り返さないとダメ、未練残しちゃダメ、手伝うからって言ってくれて……その時コートとか、アクアスキュータムのマフラーとか、靴とか、とにかく好きだったもの全部、食器、椅子、机、本、アルバム、テレビ……もう根こそぎ取り返してきました！」

「凜子先生ってパワフルね。よくぞやって下さったわ。でも、お義母様と揉めたりしなかった？」

「それが大丈夫だったんです！　鍵もつけ換えられてませんでしたし、義母や元旦那が突然現れないよう、凜子先生がマンションに結界を張ってくれたみたいで」

「ん？　結界……？」

「ええ、とにかく義母と元旦那が来たくなくなるような、負のパワー満載の結界を張ってくれたみたいなんです。で、五時間くらい荷物を箱詰めして、それを小型トラックに乗せて、何の問題もなく帰ってきました」

「結界って、そういう使い方ができるの？　……私も自分に結界を張って、神保町界隈の古書店めぐりをしている間、編集長に会わないようにしたいけど。でもなぜか、ものすごい確率で会っちゃうのよね。そして塩対応されるの……」

楓子先輩は一瞬、押し黙る。

咲子さんが長く結婚生活に問題を抱えていて、何度も相談に乗っていたのに、何の力にもなれず、ずっと胸が痛かったのだ。彼女の命を救って下さった凜子先生という方には、直にお会いしてお礼が言いたいところだ。

「あっ、とにかく中に入りましょう？　ヘタすると私たち、門前で延々と話をしちゃうものね。初対面のハムリーズのエントランス前でも、延々と話しこんだわね」

楓子先輩が、車専用の正門右にある煉瓦塀をくりぬいて造られた木の扉を開けると、咲子さんを屋敷内に招き入れた。

世田谷の高級住宅地の裏通りにある家なので、元々静かではあるのだが、屋敷内に入り、木戸を閉めたとたん、すべての音が樹々や土に吸収されていくのか、びっくりするほど静まり返っている。と同時に、鳥のさえずりが聞こえてくる。

咲子姫は住菱地所の社長秘書をしていたので、この東京世田谷のお屋敷町にある楓子先輩の広大な土地がどれほどの価値があるのかは、嫌というほどわかっていた。ご両親を亡くされ兄弟姉妹もなく、たった一人でこの屋敷を守っていくのは、とんでもなく大変なことも知っている。

楓子先輩は生粋のお嬢様なのだが、とても働き者だ。大手出版社で男性向け小説を書いたり、語学が堪能なので海外のハードボイルド小説を翻訳したりしている。それらの印税で固定資産税を払っているのだから、どれほど人気作家なのかがわかる。

咲子さんと楓子先輩が屋敷内の道を歩いて行くと、遠くから大きなグレイのアメショー柄の猫が猛ダッシュしてきた。猫ちゃんは楓子先輩の前でピタッと止まる。

「シンプキン、こちら咲子姫ちゃんよ。うちに来てくれるのは五年ぶりだから、シンプキンはまだ会ったことがないわよね?」

楓子先輩は飼い猫にしっかり説明した。猫の名はシンプキン。庭を自由に歩き回っていいらしく、ストレスフリーな顔をしている。このシンプキンは二年前のクリスマス・イヴに、屋敷の前に捨てられていたので、咲子姫とは初めましてだ。

「可愛い猫ちゃんですね。毛並みつやっつやじゃないですか。初めまして、シンプキン、私、富士宮咲子で〜す！」

シンプキンは重い体でジャンプして、楓子先輩の肩に乗った。相当な衝撃らしく、先輩は一瞬ぐらっと揺れた。ともあれ肩乗りシンプキンは、同じ目線の高さで、すぐ横にいる咲子さんの匂いをクンクンと嗅ぎ始めた。

「咲子姫ちゃん、今、ワンちゃんを飼っているの？　シンプキンはそのワンちゃんの匂いが気になるみたい」

「えっ、どうして？　あ、やっぱり楓子先輩、探偵業もされているから、私がこの頃ワンちゃんまみれなこと、わかるんですか？」

「いえ、あの……探偵は仕事じゃなくて……。だってほら、咲子姫のコートの裾に、ちょっとモフモフ系の毛がついてたから、これは猫じゃないなって思って……」

「すごいです、さすが楓子先輩、ミス・マープルですね？」

「えっと……マープルっていうか楓子の楓で、メープル……かな……」

「とにかく私、ほら、霊の……じゃなくて、例の凛子先生が魔物探知犬を飼ってらして、昨日も一昨日も先一昨日も……もうほとんど毎日そのワンちゃんをモフモフさせてもらっているから、匂いが移っていると思うんです」

「モフモフっていいわよね……モフモフは地球のすべての悲しみを救うと思うの」

楓子先輩は白猫ルルちゃんを抱き、そのお腹をモフモフしている。

「凜子先生のワンちゃん、すごく賢くて癒し系なんですー。私、大好きで」

咲子さんは、スマホを取り出し、にぬきの画像を見せた。

「うわっ、可愛い～～！　おっきなマルチーズね？　ヘアカットしないと、こんなにモフモフになるの？　モフモフワールド全開じゃないっ？」

「いえ、マルチーズじゃなくて、ビション・フリーゼっていう種類みたいです」

「えっ、ビジョン・フリーズ……？　vision……見ている景色が……freeze……恐怖で凍りつく……？」

「はっ？　景色が恐怖で凍りつくって……確かに、にぬちゃんは背筋が凍るような霊界の魑魅魍魎を見てますけど……。いや、そうじゃなくてビション・フリーゼって、フランス語――」

「ああ……フランス語ね？　Bichon……長毛の子犬……。Frise……巻き毛の……。でもこのモフモフくん、子犬じゃないわね……ものすごく大きなマルチーズよね？」

「いえ、ですから、マルチーズではなくビション・フリーゼって……」

優秀な探偵（趣味）で、しかも言葉を操る物書きなのにビション・フリーゼを知らないわけがない、と、咲子さんは首を傾げた。

「見るものすべてが恐怖で凍りつく大きめのマルチーズね？　こんなに可愛いのに」

楓子先輩は人の話を聞いていない。vision freezeがみっちり刷り込まれてしまって、それ以上のインフォメーションはシャットアウトなのだろうか。

その時ようやく咲子さんは気がついた。なにしろ楓子先輩は昭和をこよなく愛する人で、平成も令和もスルーして、今だに年号を昭和で計算しているのだ。三年後には昭和百年祭を自宅でやるとも言っていた。咲子さんはもうその祭典に招待されている。つまり昭和好きの楓子先輩の辞書に、ここ数年で人気に火がついた犬種は存在しないのだ。だから、にぬきは大きめのマルチーズと認識される。すべての謎が解けた瞬間だ。

「あっ、相変わらず素敵なお屋敷〜〜」

咲子さん話題を転換した。かなり歩いて、ようやく楓子先輩の住まいが見えてきたのだ。それはチューダー様式の煉瓦の洋館だ。築九十年以上。その昔、海外の要人が来日した時に、政府主催で晩餐会を開くために使われたほど豪華なものだ。

「あ、そうだわ、家に入る前に、ちょっとこちらを見てもらいたいの」

楓子先輩は思い出したように行先を変えると、さらに庭の奥へと咲子さんを連れて行った。そこには高さ二メートルほどのミカンの木があり、ようやく黄色く色づいてきた実がたわわに実っている。

「えっ!?　これ……もしかして、うちの実家のミカン……ですよね」

咲子さんは瞬きもせず、その木をじっと見つめていた。

「両親が相次いで亡くなって……静岡の実家を更地にする時、庭のミカンを鉢植えにして自分のマンションに持って帰ってきたけど、なかなか実がつかなくて、楓子先輩の庭に植えさせてもらったんだわ……」

「そうなの。あれからグングン育って、今年はなぜか大豊作よ。きっと、咲子姫ちゃんがここに来るのがわかったのね？　咲子姫ちゃんに晴れ姿を見せたかったのよ」

咲子さんはミカンの木に、額を当てて目をつむった。

思い出いっぱいの実家が、一本のミカンの木に甦るかのようだ。

「咲子姫ちゃん、うちの梅の木も元気よ。ほら昔、カイガラムシにやられて枝をバッサリ切り落とすしかないっていう時、咲子姫ちゃんが脚立に乗って、真鍮のペーパーナイフでカイガラムシを全部こそぎ取ってくれたのよね。あの梅もそれから毎年豊作で、六月にはいつも梅ジャムをたくさん作るのよ。そうだわ、来年は京都にジャムを送りましょうか？　すごく体にいいのよ」

咲子さんは遠い昔を思い出す。まだ結婚もしていなくて、この優しい先輩にしょっちゅう自由に会えていた頃のことを……。

「そうそう、アマリリス！　うちに鉢植えのアマリリスが何鉢もあったけど、初年度しか花が咲かなくて、毎年葉っぱばかり伸びていたのを、咲子姫ちゃんが思い切ってすべて庭に地植えしてくれたのよね。今も五月になるとアマリリスは庭で咲きほこってるのよ。赤に白、ピンクに白、赤一色、白一色、オレンジ色、どれも大輪だから、とにかく豪華なの。さすが咲子姫ちゃんは緑の指を持つ木花咲子姫ね」

過日、咲子さんが東京のマンションから持ち帰った観葉植物は、傷んだところをカットされ、新芽を次々と出している。凜子先生に精気を分けるとぐったりしてしまう植物たちも、咲子さんが土を換え、肥料を施し励ましの声をかけると、またみるみる復活していた。

「楓子先輩……私、京都に住んでいますけど、これからもまた昔みたいに、何度も何度もここに遊びに来ていいですか？」

言いながら、もう泣きそうになっていた。楓子先輩がにっこり笑う。

「もちろんよ。咲子姫ちゃんのお部屋も昔のままよ。これからは東京の実家はここだと思ってね。今日もゆっくり泊まっていって。イギリスのビール飲みましょう？」

咲子さんの目から、とうとう涙がぽろぽろこぼれてしまう。

「だめよ……咲子姫ちゃん、泣いちゃだめ。ほら……笑顔よ。笑顔は笑顔を運んでくるから」

楓子先輩に言われた瞬間、咲子さんは思い出した。よく似た言葉を、凜子先生からも言われていたことを。

——泣くと魔物につけいられるねんから。魔物は人の不幸が大好物やねん。思い切り泣くのは、嬉し泣きの時だけ……。

この四十八年、どれだけ多くの人に励まされ、勇気づけられてきたことか。振り返れば、不幸なことも今はすべて幸せに変わっていることに気づかされる。

まるで、オセロの盤にならぶ黒い石が、最後の最後で、白にひっくり返っていくように。

――本書のプロフィール――

本書は書き下ろしです。

小学館文庫

一教授はみえるんです

著者　柊坂明日子
原案・監修　三雲百夏

二〇二二年九月十一日　初版第一刷発行

発行人　石川和男
発行所　株式会社 小学館
〒一〇一-八〇〇一
東京都千代田区一ッ橋二-三-一
電話　編集〇三-三二三〇-五六一六
販売〇三-五二八一-三五五五
印刷所――凸版印刷株式会社

この文庫の詳しい内容はインターネットで24時間ご覧になれます。
小学館公式ホームページ　http://www.shogakukan.co.jp

ISBN978-4-09-407179-5

英国紅茶予言師（ティーカウンセラー）

七海花音
イラスト　ねぎしきょうこ

パブリック・スクールの奨学生になった風森心には、
紅茶を飲むと少し先の未来が視える能力がある。
おちぶれ貴族の息子ギルの提案で、その能力で人助けをし、
生活費を稼ごうとするが、大事件につながり――!?
様々な紅茶が視せるものは何？　英国男子校が舞台の紅茶ミステリ！